Birgit Vanderbeke
Die sonderbare Karriere der Frau Choi

PIPER

Zu diesem Buch

Plötzlich taucht Frau Choi aus Gwangju auf. Und in dem südfranzösischen Nest, wo man sich noch die Geschichten von Werwölfen und der Weißen Frau erzählt, gerät einiges in Bewegung: Seit Frau Chois Restaurant die Gourmet- und Architekten-Szene anlockt, macht das ganze Dorf gute Geschäfte. Koreanisches Know-how und südfranzösische Magie verbinden sich zu einem globalen Erfolgsmodell. Insbesondere Frau Chois Wissen um die Wirkung von Kräutern und Pilzen gibt sie gewinnbringend an die Frauen der Umgebung weiter. Doch dann stirbt plötzlich der unangenehme Bürgermeister. Ein wenig später der aufdringliche Marc. Und auch der ehrgeizige Ledru erliegt einer sonderbaren Krankheit.

Birgit Vanderbeke, geboren 1956 im brandenburgischen Dahme, lebt im Süden Frankreichs. Für die Erzählung »Das Muschelessen« wurde sie 1990 mit dem Ingeborg-Bachmann-Preis ausgezeichnet. 1997 erhielt sie den Kranichsteiner Literaturpreis, 1999 den Solothurner Literaturpreis für ihr erzählerisches Gesamtwerk sowie den Roswitha-Preis, 2002 wurde ihr der Hans-Fallada-Preis verliehen. 2007 erhielt sie die Brüder-Grimm-Professur an der Kasseler Universität.

Birgit Vanderbeke

Die sonderbare Karriere der Frau Choi

Piper München Zürich

Mehr über unsere Autoren und Bücher:
www.piper.de

Von Birgit Vanderbeke liegen bei Piper vor:
Das Muschelessen
Fehlende Teile
Friedliche Zeiten
Alberta empfängt einen Liebhaber
Gebrauchsanweisung für Südfrankreich
Die sonderbare Karriere der Frau Choi
Das lässt sich ändern
Die Frau mit Hund
Der Sommer der Wildschweine

Ungekürzte Taschenbuchausgabe
August 2014
© 2014 Piper Verlag GmbH, München
Erstausgabe: Veröffentlicht im S. Fischer Verlag, einem Unternehmen der
S. Fischer Verlag GmbH, Frankfurt am Main, 2007
Umschlaggestaltung: Kornelia Rumberg, www.rumbergdesign.de
Umschlagabbildung: plainpicture/Frauke Schumann
Papier: Munken Print von Arctic Paper Munkedals AB, Schweden
Druck und Bindung: CPI books GmbH, Leck
Printed in Germany   ISBN 978-3-492-30448-1

Inzwischen ist sie weit über die Grenzen hinaus bekannt, jedenfalls in gewissen Kreisen, aber als sie vor siebzehn Jahren anfing, konnte man nicht ahnen, was daraus werden würde. Sie kam einfach an. Das schon war erstaunlich.

Vor siebzehn Jahren war M** eines von diesen Nestern im Südwesten von Frankreich, die Sie, wenn überhaupt, nur im Sommer kennen, weil die Ardèche und die Cevennen im Reiseführer stehen. Sie können da Kanu fahren und die malerischen Schluchten bewundern, es gibt Campingplätze, Badestellen, Wanderwege, Ziegenkäse, Honig und gutes Öl. Hotels gibt es kaum, denn sobald Sie weg sind, schließen sich diese Nester hinter Ihnen, drehen sich von der Welt weg, und im Herbst und Winter möchten Sie sie gar nicht kennen, also brauchen Sie kein Hotel, und die Nester brauchen schon gar keins. Sobald Sie weg sind, fängt es im September damit an, daß der Strom heruntergedreht wird und schwankt und man denkt, man ist im falschen Jahrhundert, weil man sein Haus nicht mehr hell bekommt. Die Handys haben keinen Empfang, Zentralheizung gibt es nicht, und wenn der Wind auf dem Schornstein steht, drückt er den Rauch des Kamins nach innen, die Kinder husten, und in der Nacht hustet das ganze Haus. Es ächzt und seufzt und macht schreckliche Geräusche.

Diese Nester sind karstig und grau und trist und einer Überdosis Natur ausgeliefert, die sie nicht gut verkraften, und die Leute verkraften sie auch nicht. Sie glauben zwar nicht mehr an Werwölfe und Weiße Frauen, aber jeder kennt die Geschichten; jeder weiß, daß Jean Grin mit den roten Augen hier sein Unwesen getrieben und den Kindern die Leber aus dem Leib gerissen hat, und niemand läßt seine Kinder allein in die Schule und abends im Dunkeln nach Hause gehen, man fährt sie lieber die zweihundert Meter hin, sicher ist sicher.

Wenn Sie in einem solchen Ort lebten, würden Sie auch vergessen, daß die Autobahn nur vierzig Kilometer entfernt ist und die Stadt gerade mal anderthalb Stunden, aber in M** wollen Sie gar nicht leben. M** liegt nicht einmal an der Eisenbahnlinie.

Sie kennen Dörfer, die manchmal vorbeirauschen, wenn Sie mit dem Zug durch leere Gegenden fahren, die es nur auf der Landkarte gibt; sie rauschen vorbei, liegen herum wie ausgestorben, aber plötzlich gräbt jemand in seinem Garten mit dem Spaten die Erde um, oder eine Frau hängt Wäsche auf, und Sie denken etwas ungläubig: Hier kann man also auch leben, wovon leben die Leute hier?, nehmen sich wieder das Börsenblatt, und bis Sie in Hannover oder Lyon sind, haben Sie diese Dörfer vergessen. An M** rauschen Sie nicht einmal vorbei.

In diesem M** also kommt vor siebzehn Jahren Frau Choi an, um dort zu leben. Kurz zuvor ist das Schild »zu verkaufen« verschwunden, das gut ein Jahr lang an dem Haus neben dem »Café du Marché« gehangen hatte, und im Café haben die alten Männer Gesprächsstoff gehabt und neugierig darauf gewartet, wer da wohl einziehen mochte, sie jedenfalls machten drei Kreuze, daß sie da nicht einziehen mußten, und dann zieht die Chinesin ein und lernt als erstes Yolande kennen.

Yolande kommt nicht von hier. Sie ist zugeheiratet. Sie ist die Frau von Yves, dem die Nußbäume gehören, die Ölmühle und im Sommer der Campingplatz.

Yolande sitzt eines Tages in der Herbstsonne auf ihrer Terrasse und hat gerade einen Erdbeerbaumfalter fotografiert, der ihr in ihrer Sammlung noch fehlt. Hinter ihrem Haus fangen der Wald und der Berg an, und eigentlich gehen inzwischen nur noch ein paar alte Leute in den Wald, morgens, mit dem Hund und zum Pilzesammeln in der Schlucht hinter der Grotte. Da kommt plötzlich eine recht junge Frau mit einem großen Korb vorbei, die Yolande nicht kennt, und wie die Frau unten am Weg hochschaut und sieht, daß jemand auf der Terrasse ist, winkt sie, und Yolande winkt hinunter, und die andere Frau bleibt stehen und winkt weiter. Schönes Wetter, ruft sie

7

vielleicht hoch oder so etwas Ähnliches, und schließlich ruft Yolande hinunter: Möchten Sie einen Kaffee mit mir trinken?, und so kommt die Frau hoch und setzt sich zu ihr in die Herbstsonne auf die Terrasse.

Ich bin Frau Choi aus Gwangju, sagt sie in einem Französisch, von dem Yolande denkt, sie muß es aus einem Schulbuch haben; die Grammatik stimmt, aber es hört sich nach Trockenkurs an.

Ich bin Yolande Fauchat, sagt sie, und was tun Sie hier? So eine unhöfliche Frage, sagt sie gleich hinterher, weil sie gemerkt hat, daß es unfreundlich klingen könnte, so direkt zu fragen, dabei war es nur Neugier.

Frau Choi zeigt auf den großen Korb und sagt: Zum Beispiel Pilze sammeln, und Sie?

Yolande zeigt auf ihre Minolta und sagt: Zum Beispiel Schmetterlinge fotografieren; ich will einen Bildband machen.

Der Erdbeerbaumfalter ist inzwischen weg, aber sie hat ihn in ihrer Minolta, ihren Pascha mit den zwei Schwänzen, und Frau Choi sagt: Aha.

Wie sind Sie hierhergekommen? sagt Yolande, weil hier das tiefste Frankreich ist und man sich wundert, wie Leute hierherfinden.

Frau Choi aus Gwangju sagt: Aus Amsterdam. Mein Mann ist gestorben.

Das tut mir leid, sagt Yolande und erfährt, daß Frau Choi eine Witwenrente bekommt und irgendeine Summe Geld, weil die Fluggesellschaft, für die ihr Mann gearbeitet hat, für den unklaren Tod des Mannes hat zahlen müssen. Von dem Geld hat sie das Haus neben dem »Café du Marché« gekauft, und Yolande denkt: Gratuliere. In M** gibt es etliche Häuser, die möchten Sie nicht geschenkt, und das Haus von Frau Choi gehört zu denen, die Sie nicht geschenkt mögen, aber das alles ist eigentlich keine Erklärung dafür, wie Frau Choi hierhergekommen ist, und vor allen Dingen, warum, im Gegenteil, sagt sich Yolande. Das Gespräch wird danach etwas schwierig, weil man in M** nicht einfach ankommt und da ist; aber schließlich stellen sie fest, daß ihre Kinder im selben Alter sind, und vielleicht könnte Yolandes Sohn etwas mit dem Französisch helfen.

Als Frau Choi geht, wirft Yolande einen Blick auf die Pilze und sagt: Kennen Sie sich mit Pilzen aus?

Frau Choi hat sonderbare Pilze in ihrem Korb. Wenn Yolande im Herbst mit der Minolta unterwegs ist, findet sie manchmal Steinpilze oder Maronen, aber die Maronen, die es in M** gibt, werden lila, wenn man sie anschneidet, und die läßt sie lieber stehen.

Frau Choi sagt: Ich koche sie einfach, dann esse ich einen Löffel und friere den Rest für den nächsten Tag ein.

Und? sagt Yolande.

Und am nächsten Tag taue ich sie wieder auf, und wir essen sie.

Das ist nicht Ihr Ernst, sagt Yolande, aber Frau Choi lächelt nur seltsam und neigt den Kopf zur Seite.

Eigentlich paßt sie ganz gut nach M**.

Die Leute in M** sind ein bißchen merkwürdig.

Deshalb ist Yolande schließlich hergekommen. Nicht daß die Leute noch an Werwölfe und Weiße Frauen glauben, aber jeder kennt die Geschichten, und eine Zeitlang gab es staatliche Gelder und Universitätsgelder dafür, diese Geschichten zu sammeln und zu retten, bevor die Leute anfangen, ihre eigenen Geschichten von Werwölfen und Weißen Frauen zu vergessen, und das wäre schade. Eine Menge Geschichten stehen in den Archiven von Nîmes, Millau und Narbonne, aber es ist etwas anderes, ob Sie in die Archive gehen und sich die Werwölfe und Weißen Frauen aus Büchern anlesen oder ob Sie hoch in die Berge fahren und sich alles von echten Menschen erzählen lassen, die Kastanien sammeln, Ziegen oder Bienen haben und einen schlechten Fernsehempfang. Also hat Yolande eines Tages ihren Rucksack gepackt und ist hochgefahren. Das letzte Stück bis nach M** gab es damals noch keinen Bus, und so ist sie getrampt, und das war dann gleich Yves und die große Liebe, und als die staatlichen Gelder aufhörten, hatte sie ihre Geschichten zusammen, packte ihren Rucksack, fuhr nach Toulouse, machte ihren Abschluß über das bis heute nicht gelöste Rätsel, warum die Bestie von Gévaudan nur Frauen und Kinder getötet hatte; sie schrieb die Legenden alle auf, die sie gesammelt hatte, widmete sie den Müttern und deren Müttern, ein kleiner Verlag im Südwesten gab sie heraus: »Schattenseelen und Wesen der Nacht. Von Angst, Wiedergängern und Fabelwesen gestern und heute«; und danach packte sie all ihre Sachen und fuhr endgültig wieder hoch, aber daß es ein

»Endgültig« war, hat sie damals noch nicht gewußt, weil sie sehr verliebt war, und Yves war auch verliebt, und wenn man verliebt ist, macht man Pläne, die einen auf die andere Seite der Welt versetzen, auf die hellere, jedenfalls weg aus M**, das gestern und heute auf die dunkle Seite gehört; in die Karibik wäre sie gern gegangen, Yves wäre auch gern in die Karibik oder jedenfalls aus M** weggegangen, jeder träumt von der Karibik, aber immer wenn Yves von der Karibik anfing oder auch nur von »Weg-aus-M**«, wurde sein Vater plötzlich alt und hatte es im Kreuz, und die Mutter nahm Yves beiseite und sagte: Siehst du denn nicht, dein Vater wird alt, und was soll mit der Ölmühle werden, he? Vom Campingplatz brauchte sie gar nicht anzufangen, weil Yves dann verstanden hatte, daß es mit der helleren Seite der Welt und der Karibik nichts wird, und ein paar Jahre später hatte Yolande es auch verstanden, nachdem dann Bastien auf der Welt war.

Und jetzt ist Frau Choi da, und Sie können sich denken, daß sich das schnell herumspricht in so einem Nest. Alle sind gespannt, ob sie es fertigbringt, das Haus neben dem »Café du Marché« mit den klapprigen Fensterläden bewohnbar zu machen, die Chinesin. Die hat einen Sohn, der Piet de Bakker heißt, weil sein Vater aus Holland war, und manchmal fahren Piet und Bastien zusammen Fahrrad oder gehen in den Wald, allerdings hat Piet nicht viel Zeit, weil er seiner Mutter mit dem Haus und vor allem auf den Ämtern oft helfen muß. Die beiden sind ziemlich

11

auffällig, wenn man sie trifft. Piet sagt zu seiner Mutter nicht »maman« wie die französischen Kinder, sondern er spricht anders mit ihr, und eine Zeitlang wird es Mode in M**, daß die Kinder ihre Mütter auch so ansprechen wie Piet seine Mutter.

Hat Mutter den Antrag auch unterschrieben, sagt er zu ihr, oder: Mutter braucht noch die Unterlagen.

Wenn die alten Männer das hören, kratzen sie sich am Kopf und denken an ihre Mütter, zu denen sie immer »Sie« gesagt haben: Würden Sie mir die Butter geben, maman?, aber das war in den Zeiten, als die Messe in M** noch auf lateinisch gelesen wurde, inzwischen werden Mütter nicht mehr gesiezt, aber wie Piet spricht, ist es auch wieder kein richtiges Siezen, sondern die dritte Person, und plötzlich fängt Bastien damit an: Hat Mutter meine Sportsachen gesehen? und amüsiert sich, und Yolande muß an eine Freundin denken, deren Vater bei der Armee war, und alle mußten »Sir« zu ihm sagen, es schüttelt sie, wenn sie an diesen Sir denkt; alle waren froh, als er starb; und wenn Piet sagt: Hat Mutter die Bescheinigung dabei?, fröstelt es sie.

Sag mal, Piet, sagt sie eines Tages, warum sprichst du so mit deiner Mutter?, und Piet sagt: Das macht man bei uns, wenn man jemanden achtet.

Und tatsächlich wird Frau Choi nicht nur von ihrem Sohn, sondern sehr schnell vom ganzen Ort hoch geachtet, weil es ihr in ganz kurzer Zeit gelingt, ihr Haus bewohnbar zu machen. Sie fängt noch im Herbst an, die Fenster abzudichten und ihr Dach auszubessern, repariert den Wasseranschluß, setzt mit eigenen Händen einen Kamin, legt eine eigentümliche Fußbodenheizung und kachelt zuletzt die Böden. Bevor der Frost kommt, sind ihre Fensterläden neu gestrichen.

Alle Achtung, sagen die Leute. Sogar die Skeptischen, die sich fragen, wozu um alles in der Welt ein Ort wie M** eine Chinesin braucht, sind voller Bewunderung:

Was die Frau alles kann. So eine kleine Person, und so eine Energie.

Nach Allerheiligen fliegen die Schmetterlinge nicht mehr. Die Nußernte fängt an, dann müssen die Nüsse trocknen, und im Januar nimmt Yves die Ölmühle in Betrieb, und Yolande hilft im Verkauf. Acht Wochen lang holt Yves' Mutter Bastien von der Schule ab, also dauert es eine Weile, bis Yolande Frau Choi wiedertrifft. Alle Mütter stehen vor dem Schultor und warten, und während der Warterei tun sie, was alle Mütter tun, wenn sie zusammenstehen, sie tratschen und klatschen. Frau Choi steht etwas abseits.

Yolande fragt sie: Wie geht es mit dem Haus voran?

Frau Choi fragt: Wie geht es mit der Mühle?

Sehr gut, sagt Yolande, es ist ein gutes Jahr gewesen, wir hatten ziemlich zu tun.

Und jetzt entsteht eine Pause, weil Frau Choi überlegt, ob sie Yolande etwas von dem erzählen soll, was sie beschäftigt. Es ist im nachhinein nicht zu sagen, ob Frau

13

Choi schon zu diesem Zeitpunkt an die Karriere dachte, die sie inzwischen gemacht hat, oder an eine ganz andere, aber sicher ist, um diese Zeit fing die Karriere an. Nach einer Pause also entschließt sie sich und sagt sehr langsam und nachdrücklich: Eigentlich hätte ich Lust, etwas anzufangen.

In dem Satz ist ein Widerhaken drin. Vielleicht wenn sie nicht vor dem Schultor stünden, könnte Yolande hören, daß es keine Kleinigkeit ist, wenn Frau Choi sagt, sie hat Lust, etwas anzufangen, aber sie stehen frierend vor dem Schultor, gleich nach dem Gong werden die Kinder lärmend herausstürmen; es ist nicht der Moment, um zu hören, was Frau Choi anfangen will, Yolande hört also keinen Widerhaken, sie sagt wahrscheinlich leichthin: Im Winter hat man hier immer Lust, etwas anzufangen. Sobald wir die Mühle zumachen, habe ich auch Lust, etwas anzufangen, aber die Schmetterlinge fliegen erst wieder ab März, und im Winter ist hier nun wirklich nicht viel zu machen.

Für Frau Choi ist das nicht die richtige Antwort. Sie spricht weiter, als ob sie sie nicht gehört hätte: Ich kann ganz gut kochen, sagt sie, ich kenne mich damit aus; und da muß Yolande nun aber lachen, und Sie müßten auch lachen, wenn Sie das Nest M** im Südwesten kennen würden, in dem Frau Choi ihre Karriere begann, weil dort kein Mensch gut kochen kann oder gutes Essen braucht, im Sommer wird gegrillt, und im Winter gibt es Kohl und Lauch, aber inzwischen weiß man natürlich, daß diese Kar-

riere an keinem besseren Ort beginnen konnte als in M**,
weil es in der Gegend schon früher immer wieder gelegentlich vorgekommen ist, daß Leute von jenseits der Grenze
kamen und Karrieren wie die von Frau Choi anfingen, die
dann weit über die Grenzen hinaus bekannt wurden, und
jetzt sind wir zwar nicht mehr in den Zeiten von Werwölfen und Weißen Frauen, sondern in Zeiten von Massen-
medien und global play, aber jetzt beginnt die Karriere,
auch wenn Yolande lacht und Sie auch lachen würden
über die Idee, in M** etwas anzufangen.

Yolande sagt fröhlich: Hier sind im Winter die Restaurants geschlossen, was glauben Sie, wieso?

Das scheint Frau Choi nichts auszumachen, offenbar
hat sie eine Idee: Möchten Sie mich mal besuchen kommen? Sie und Ihre Familie. Ich koche uns was.

In diesem Augenblick fallen Yolande die Pilze ein, die
Frau Choi gesammelt hatte, als sie sie zum ersten Mal gesehen hat, und sie zögert.

Nach einer Weile sagt Frau Choi: Ich nenne es »Bapguagup«.

Yolande sagt: Hier heißen die Restaurants »Blaue Orange« oder »Zu den drei Pinien«, allenfalls noch »Der Norden des Südens«, und nach dem Sommer sind sie geschlossen; glauben Sie nicht, daß »Bapguabup« etwas schwierig
würde?

Bapguagup, sagt Frau Choi, wie ist es, ich lade Sie ein.

Yolande spürt, daß sie die Einladung annehmen sollte,
obwohl Frau Choi eigentlich nur sanft darauf besteht, aber

sie besteht darauf, und es ist etwas an ihr und um sie herum, daß Yolande schluckt und rasch nickt.

Ist Ihnen Samstag recht? fragt Frau Choi, und so kommt es, daß Yolande, Yves und Bastien eines Samstags in einer warmen asiatischen Stube auf dem Boden sitzen und Bapguagup essen.

Könnte Mutter mir noch etwas Reis reichen? sagt Piet.

Bastien versucht, nicht zu kichern, und schaut angestrengt auf die Suppe hinunter, und anschließend gibt es Bibimbap und Jap-Chea und etliche Schälchen mit Kimchi, und keiner in M** hat so etwas je gegessen oder gehört.

Es ist überwältigend, sagt Yves schließlich zu Yolandes größter Überraschung, denn in M** neigt man nicht gerade dazu, Dinge, die nicht aus M** sind, überwältigend zu finden, und Yves ist aus M**. Yolande hat ihn einigermaßen überreden müssen, am Samstag zu Frau Choi zu gehen.

Es ist Winter, hatte er gesagt, schau dir den Nebel da draußen an. Kann das nicht bis zum Frühling warten?

Kaum einer geht im Winter gern in die Dunkelheit hinaus, der Wind pfeift eisig durch die Knochen, und aus dem Wald dringt ein Jaulen in den Ort, manchmal ein Kreischen, aber jetzt ist Yves überwältigt, und Yolande sagt: Wo haben Sie nur all die Zutaten her?

In der Stadt gibt es eine Quelle, sagt Frau Choi.

Bis in die Stadt sind es anderthalb Stunden, sagt Yves entgeistert, und auf den Satz hat Frau Choi nur gewartet.

Das meiste könnte ich selbst anbauen. Für den Anbau bräuchte ich allerdings Land, sagt sie wie aus der Pistole geschossen.

Auf dem Land ist Land eigentlich kein Problem, sagt Yolande, es ist immer welches da, aber Sie haben doch Ihren Garten.

Frau Choi schaut Yolande mit einem ganz besonderen Blick an, weil die offenbar immer noch nichts versteht, und dann sagt sie leise und mit Nachdruck: Wissen Sie, ich habe wirklich Lust, etwas anzufangen, und Yves und Yolande fangen an zu begreifen, daß »Wirklich-etwas-Anfangen« die Größe von Frau Chois Garten übersteigt. Das ist in M** ein ungewohnter Gedanke.

Yves sagt: Sie haben schon ziemlich viel angefangen, das Haus war ganz schön herunter, und Yolande sagt: Ein Garten macht eine Menge Arbeit, und um Ihren hat sich jahrelang keiner gekümmert. Dann sieht sie Frau Chois Blick und setzt schnell hinzu: Aber natürlich ist Land kein Problem.

Kennt Mutter das Pflaumenfeld an der Mülldeponie? sagt Piet, und Yves sagt: Mathilde will es aufgeben.

Er sagt nicht, daß er sich selbst Sorgen macht, seit M** Europa geworden ist und nicht nur Mathilde ihre Obstfelder aufgeben will, weil sich Obst in Europa nicht lohnt. Nußöl ist etwas anderes als Pflaumen, sagt er sich zwar, wenn die Sorgen ihn drücken. Eine Weile lang hat er versucht, das Öl über Minitel zu vermarkten, aber das einzige, was die Leute am Minitel interessiert, sind die Kon-

17

taktanzeigen. Jetzt hat er im Wirtschaftsteil gelesen, daß sie in der Schweiz und in Amerika an etwas arbeiten, das sie weltweites Netz nennen, das könnte einiges im Vertrieb verändern, und wann immer er den Bürgermeister trifft, spricht er ihn darauf an, daß in M** immer alles zuletzt kommt, im Augenblick sei es noch nicht soweit, aber er möge es bitte nicht wieder verschlafen, aber Bürgermeister in solchen Nestern wie M** sind im wesentlichen nicht von dem Schlag, daß sie Netze brauchen. Jedenfalls nicht für die Bewohner von solchen Nestern.

Der Bürgermeister in M** wird alle vier Jahre per Wahlbetrug wiedergewählt, der halbe Friedhof sorgt dafür, daß er gewählt wird. Die meisten, die in M** leben, wählen ihn jedenfalls nicht, sie ahnen, daß sie alle vier Jahre wieder gegen die Stimmen der Toten verlieren, und Yves wird noch eine Weile warten müssen, bis die hundert Unterschriften auf der Liste sein werden, die die neue Bürgermeisterin verlangen wird, nachdem der alte Bürgermeister längst gestorben sein wird und ganz ohne Stimme auf dem Friedhof liegt, aber für Pflaumenfelder wird das Netz auch später nichts bringen.

Einstweilen sitzen alle auf dem angenehm warmen Fußboden von Frau Choi, der alte Bürgermeister lebt noch, und Frau Choi möchte das Pflaumenfeld sehr gern sehen.

Alle Leute, die aus Gwangju kommen, sagt sie, brauchen alles, was es in Gwangju gibt, da sind wir etwas eigen.

Mathilde Laforge ist auch eigen. Der Bürgermeister hat mehrere Angebote für ihre Grundstücke in der Tasche, es gäbe schon Investoren, die er von M** überzeugen könnte, eine Supermarktkette ist interessiert, und das Militär hätte auch nichts dagegen, seine Drohnen in der Nähe von M** probefliegen zu lassen, aber die alte Querulantin will partout nicht verhandeln. Er hat es im Guten versucht und sie sogar mehrmals zu sich nach Hause eingeladen, aber das Ergebnis war nur, daß Mathilde und seine Frau sich bestens miteinander verstanden und anfingen, sich ganze Nachmittage lang zu besuchen, ganz ohne ihn. Sobald er jedenfalls auf das Thema kommt, fällt der Vorhang, und es ist nichts zu machen.

Mathilde bleibt mitsamt ihren Ziegen in der alten Schäferei, auch wenn ihr wegen Europa das Obst vergammelt und sie weiter das Wasser aus dem Brunnen holen muß, weil die Stadtverwaltung von M** ihr keine Wasserleitung hinaus legen mag, sondern die ganze Schäferei am liebsten platt machen würde, wie sie damals das Haus von der alten Agnes platt gemacht hat, als Vincent das Grundstück brauchte, um seine Vertragswerkstatt darauf zu errichten.

Einfach platt machen, hatte Vincent gesagt.

Mathilde ist um die Sechzig. Als Yolande und Frau Choi sie besuchen, um den Kauf des Pflaumenfeldes zu besprechen, und Frau Choi ihr erklärt, daß sie auf ihrem Pflaumenfeld alles anbauen will, was sie braucht, weil sie aus Gwangju kommt und das »Bapguagup« aufmachen will, sagt Mathilde erschrocken: Oh, Gwangju; aber selbst heute weiß niemand, ob die sonderbare Karriere, die Frau Choi im Laufe der nächsten Jahre machte, darauf zurückgeht, daß sie aus Gwangju kommt und Mathilde ihr womöglich deshalb das Grundstück gegeben hat, was immerhin eine Sensation in M** war. Es ist überhaupt nicht bekannt, was die drei Frauen in der alten Schäferei besprochen haben, keine der drei hat jemals etwas darüber gesagt, selbst Mathildes Tochter weiß nichts darüber, obwohl die beiden jeden Abend miteinander telefonieren, seit Marie-Ange in der Stadt lebt, aber wenn Sie in M** einen Blick ins Grundbuch werfen, können Sie sehen, daß Madame Laforge und Madame Choi am 11. Februar des Jahres 1991 vor dem örtlichen Notar eine amtliche Kaufoption unterzeichnet haben, die unter anderem Mathildes Pflaumenfeld betraf und außerdem noch weit über das Pflaumenfeld hinausgeht. Dieser 11. Februar war ein Montag, Frau Choi und Mathilde waren die einzigen, die der Notar an diesem Montag empfing, und im nachhinein wirft es ein seltsames Licht auf Frau Chois Unternehmen, daß es laut Akten an diesem Montag begann.

Während der Bürgermeister darauf wartet, daß Frau Choi die Lizenz beantragt, über die im Ort inzwischen jeder gerüchtehalber etwas weiß und tuschelt, weil Yolande und sogar Yves davon sprechen, daß Frau Choi das »Bapguagup« aufmachen will und daß sie selber dort auf jeden Fall Stammgäste würden, weil es überwältigend war, was sie an jenem Januarabend gegessen haben – während der Bürgermeister also wartet, kann man von März an sehen, wie Frau Choi in den Wald geht, sobald sie Piet zur Schule gefahren hat. Daß Mathilde auch in den Wald geht, vielmehr fährt, sieht man nicht, weil sie mit ihrem Trecker und dem angehängten Wassercontainer von ihrer Schäferei aus den staubigen Weg nimmt, vor dem das Schild »privat« angebracht ist und der am Steinbruch und den Grotten hinter der Mülldeponie vorbei zum Pflaumenfeld führt. Um die Ziegen kümmert sich einstweilen Matthieu, bis die »Drei Pinien« wieder aufmachen und er dort kellnert.

Du solltest wieder hochkommen, sagt Mathilde abends zu Marie-Ange, die in der Stadt wohnt, und Marie-Ange sagt: Ach, Mama.

Aber jetzt ist Frühling, Marie-Ange sieht vor sich, wie die Adonisröschen ihre Köpfe aus der kargen Erde recken, sie sieht die Apfel- und Pflaumenblüte auf den Feldern ihrer Mutter, die ihr fehlen, und etwas zieht sich in ihr zusammen, denn im Frühling kann M** zauberhaft sein. Der Frühling in der Stadt dagegen ist gar nicht richtig. Er duftet nicht einmal. Marie-Ange hat ihren Freund Marc im Verdacht, daß er seit einiger Zeit eine andere hat, und allmählich wird es ihr fad, im Vorzimmer eines Steuerberaters zu sitzen und Akten zu stapeln, während Marc Dufetel in einem geruchsfreien Frühling vermutlich eine andere hat.

Und was soll ich da oben? sagt sie.

Mathilde hört, daß sie das nicht nur zum Schein fragt, sondern allmählich wissen will, was sie da oben soll. Die Mutter erklärt es ihr, und Marie-Ange hört es sich an und denkt nach.

Nach einem dieser Anrufe sagt sie am folgenden Morgen ihrem Chef, daß sie für ihre Mutter und Frau Choi gern für den kommenden Freitag einen Termin hätte. Freitag ist der Tag, an dem Frau Choi in die Stadt zu ihrer Quelle fährt, und worum es sich genau handelt, weiß Marie-Ange leider nicht, das können die beiden Frauen dann selbst erklären.

Ab März fliegen die Schmetterlinge wieder, und während Yves alles vorbereitet, um Ostern den Campingplatz zu öffnen, zieht Yolande mit ihrer Minolta durch die Gegend und hält Ausschau nach Raupen und frühen Faltern. Sie braucht für den Bildband noch etliche Feuerfalter, und die Aufnahme eines sehr schönen Blauen Eichenzipfelfalters ist ihr im letzten Jahr verwackelt. Zum Glück wachsen jede Menge Schlehen und wilder Ampfer auf der aufgegebenen Obstwiese von Frau Choi, die allerdings jetzt nicht mehr aufgegeben ist, seit Mathilde und die Chinesin sich darin zu schaffen machen.

Als erstes pflanzen sie Bambus, ein paar Eschen sowie einige hundert Hinoki-Zypressen, die Frau Choi bei einer Baumschule in Burgund bestellt hat und die in mehreren Wagenladungen angeliefert werden. Das kriegt in M** praktisch jeder mit, wie sich Lkws mit fremden Nummernschildern durch den Ort mit den engen Gassen quälen; danach allerdings weiß keiner mehr, was die beiden pflanzen, weil man es durch die Zypressen nicht so genau sehen kann, der Ampfer jedenfalls bleibt drin, bis Yolande einen Lilagold-Feuerfalter in ihrer Minolta hat, und natürlich glaubt in M** keiner mehr an Werwölfe oder die Weiße Frau, aber Yolande denkt manchmal: Wenn das jemand wüßte, daß Mathilde mit von der Partie ist.

Mathilde sagt inzwischen nicht mehr Frau Choi zu Frau Choi, sie sagt Yimin zu ihr, und sie wird die einzige Person bleiben, die das darf.

Der Steuerberater schüttelt nur innerlich den Kopf, als er hört, was die beiden vorhaben. Äußerlich bleibt er professionell und schreibt mit einem silbernen Kugelschreiber in winziger Schrift alles mit. Er fragt, ob es eine kleine oder eine große Lizenz sein soll, mit oder ohne Alkoholausschank; er sucht Vorschriften heraus und erwähnt nebenbei die Sicherheit und die Hygiene.

Haben Sie schon ein Objekt im Auge? sagt er.

Ja, sagt Frau Choi, und mit Hilfe des Steuerberaters reicht sie bei der Handelskammer einen Lizenzantrag für die alte Seidenspinnerei an der Straße des guten Königs ein. Einen für die große Lizenz. Der Handelskammer fällt nicht auf, daß es womöglich etwas sonderlich ist, ein »Bapguagup« in der alten Seidenspinnerei von M** zu eröffnen, sie drückt ihren Stempel auf den Antrag, und einige Wochen danach hat Frau Choi die Lizenz in der Hand.

Diese Lizenz versetzt M** wiederum in hellen Aufruhr, weil in M** jedes Kind in der Schule lernt, daß die Seidenspinnerei die Stadt einmal reich gemacht hat und dann ihr Untergang war. Auf dem Schulhof schauen die Kinder Piet sonderbar an, und schließlich nimmt ihn Bastien zur Seite und sagt: Wißt ihr denn nichts von der Seuche?

Piet spricht inzwischen Französisch ohne Akzent, aber von einer Seuche hat er noch nichts gehört, und Bastien sagt, daß es eine sehr schlimme Seuche war: Sogar der Doktor Pasteur, sagt er, konnte dagegen nichts machen.

Von dem Doktor Pasteur hat Piet schon gehört und weiß, daß er tatsächlich eimal in M** war, weil die Straße, in der die Apotheke liegt, nach ihm benannt ist, und auf dem Straßenschild steht, daß er aus Paris nach M** gereist ist, um die Stadt zu retten, aber es steht nicht darauf, daß er es nicht geschafft hat. Bastien sagt: Es war die Fleckenkrankheit, und da konnte selbst der Doktor Pasteur nichts machen.

Hat Mutter schon von der Fleckenkrankheit gehört? fragt Piet am Abend und ist erleichtert, daß Mutter nicht erst in M**, sondern schon vor Jahren an der Chosun-Universität in Gwangju von der Fleckenkrankheit gehört hat und auch vom Doktor Pasteur, den die Franzosen verehren und für den auch sie höchste Achtung empfindet, obwohl er M**, das vor langer Zeit einmal ein Welthandelszentrum gewesen ist, vor dem Untergang nicht hat retten können.

Der Bürgermeister ist nicht so sehr wegen der Fleckenkrankheit in Aufruhr, die die Seidenspinner hinweggerafft und M** in Verzweiflung und Armut gestürzt hat, er ist sich nicht einmal sicher, ob es wirklich die Fleckenkrankheit war oder ob es nicht mit dem Panamakanal und dem Wegfall der Zölle zusammenhing, daß der Markt schließlich wegbrach, sondern er ist in Aufruhr wegen Paris und wegen seiner Frau.

Er hat Nachrichten aus Paris, daß man infolge der veränderten internationalen Sicherheitslage nun ernsthaft vorhabe, Drohnen in der Gegend von M** zu testen, und das Schreiben vom Ministerium hat nicht geklungen wie ein Investitionsangebot von einer Supermarktkette, über das man verhandeln kann, sondern so, als habe man in Paris beschlossen, den gesamten Wald mit den Stieleichen am unteren Hang von M** und die Schlucht noch dazu für die Tests zu nutzen. Die Straße des guten Königs würde als mehrspurige Zufahrtsstraße ausgebaut und sei als Militärgelände zu requirieren.

So etwas kann vorkommen, und es sind immer Nester wie M**, die es trifft, aber so etwas kann besonders im tiefsten Südwesten von Frankreich auch danebengehen, einfach weil die Leute da stur sind. Der Bürgermeister von

M** erinnert sich an Larzac, und wenn Sie sich an Larzac erinnern, ist Ihnen auch klar, daß das danebengehen kann, und in Paris sollten sie eigentlich inzwischen auch langsam wissen, daß es da unten seit Jahrhunderten nur so von Hugenotten und Querulanten wimmelt, die sind schließlich nicht ganz grundlos da.

Den Bürgermeister von M** jedenfalls bringt das Ministerium in die Klemme, weil er natürlich weiß, daß er die Sache vor die Stadtverordnetenversammlung bringen müßte, und er ahnt, wie das ausgeht, wenn schon Odile, seine eigene Frau, etwas gegen die Drohnen hat. Natürlich hat er ihr nichts von dem Schreiben aus Paris gesagt; sie hat es zufällig gesehen, weil er es mit nach Hause genommen hat, solche Papiere läßt man schließlich nicht im Amt herumliegen, und dann hat sie ihm deshalb regelrecht eine Szene gemacht, als habe er selbst die Drohnen nach M** beordern wollen.

Andererseits träumt er von einer Karriere, irgendwo draußen in der richtigen Welt, dort, wo er sich vorstellt, daß dort wirklich die Schalter umgelegt werden; er ist noch nicht einmal fünfzig und hat keine Lust, über die Jahre hinweg mit den Stimmen der Toten in M** zu vergammeln; allerdings macht man da draußen keine Karriere, wenn man dem Ministerium in Paris sagt: Schönen Dank für die Ehre, aber weder die Leute im Ort noch meine eigene Gattin wollen Ihre Drohnen hier haben, da kann der Bürgermeister nichts machen.

Er sieht sich die Pläne noch einmal an, die das Ministerium ihm geschickt hat, und im Grunde, sagt er sich, geht es doch nur um Alphonse, Mathilde und die Chinesin mit ihrer Lizenz. Daß es auch um den Campingplatz und die Ölmühle geht, sieht er nicht, aber natürlich wird es auch um Yves gehen, wenn M** Militärgelände wird, denn es liegt auf der Hand, daß Sie keine Lust haben, auf einem Campingplatz in M** Ihre Sommerferien zuzubringen, wenn Ihnen in der Nachbarschaft dieses Campingplatzes beim Wandern und Baden und Kanufahren Drohnen um die Ohren fliegen, und wenn Sie Ihre Sommerferien nicht auf Yves' Campingplatz verbringen, kaufen Sie sein Öl nicht, selbst wenn es noch so viele Medaillen vorweisen kann, und er kann seine Mühle zumachen, und natürlich wird es dann nicht nur um Yves gehen, sondern zum Beispiel auch um Francine, die den Ponyhof hat und nebenbei Honig macht, und um Hervé mit den Kanus unten am Fluß und um etliche andere, aber darüber will der Bürgermeister jetzt nicht nachdenken, weil er in der Klemme ist, und wie jeder, der in der Klemme ist, sucht er schnell eine einfache Lösung.

Die allereinfachste Lösung wäre die Präfektur, denkt er hoffnungsvoll und ruft in der Stadt an. Selbstverständlich ist die Präfektur in die Pläne des Ministeriums eingeweiht, sagt man ihm dort, und er fragt viel zu hastig: Denken Sie an Enteignung?, aber seitens der Präfektur denkt man nicht im entferntesten an Enteignung. Seit Larzac ist man mit Enteignungen im Südwesten des Landes äußerst vorsichtig geworden und ein gebranntes Kind, weil das eine Menge üble Öffentlichkeit gegeben hat, und danach sind etliche Köpfe gerollt.

Oh, ich bitte Sie, wollen Sie etwa ein zweites Larzac? hört der Bürgermeister die Stimme am anderen Ende der Leitung sagen.

Wo denken Sie hin, sagt er, in Larzac ging es um eine Menge Leute. Sechsundsechzig, sagt der Mann von der Präfektur eisig, weil er das noch sehr gut in Erinnerung hat, sechsundsechzig Enteignungsverfahren, und dann diese Schlappe, als man einknicken mußte.

Hier wären es nur drei Verfahren, sagt der Bürgermeister, und jetzt ist die Geduld auf der anderen Seite der Leitung zu Ende.

Guter Mann, wird er abgewiesen, und er haßt es, diesen herablassenden Ton zu hören, der ihm sagt, daß er einem Nest in der tiefsten Provinz vorsteht und vermutlich nie an die Stelle gelangen wird, an der die Schalter umgelegt werden. Guter Mann, sagt man ihm also, Sie werden wohl Ihre drei Leutchen noch dazu bringen, daß sie ihren Hintern bewegen. Da gibt es doch wohl Methoden, Ihnen fällt da bestimmt was ein.

Und so kommt es, daß der Bürgermeister seine einfache Lösung zur Anwendung bringen muß.

Es ist durchaus anzunehmen, daß Frau Chois Karriere durch diese einfache Lösung die entscheidende Wendung bekam, die sie später weit über die Grenzen bekannt machen sollte.

Alphonse hat seine Geflügelfarm auf dem künftigen Militärgelände und ein paar Hektar Land drum herum, aber er wohnt immerhin nicht da draußen wie Mathilde, sondern seit Jahren schon in der Stadt, also fängt die einfache Lösung bei Alphonse an.

Beim Bürgermeister gibt es in diesem Jahr ausnahmsweise kein Lamm zu Ostern, sondern abwechslungshalber einmal Ente. Abwechslungshalber auch fährt nicht Odile, sondern der Bürgermeister persönlich hinaus, um Karfreitag die Ente zu holen.

Alphonse kratzt sich am Kopf, als er hört, daß die Stadt seine Farm vom Süden in den Norden von M** verlegen will. Er ist in solchen Angelegenheiten nicht so ganz unbeschlagen, wie man denken könnte, seine Schwester hat eine Baumschule in der Nähe von Avignon, und da planen sie, irgendwann die Bahntrasse zu legen, Paris–Avignon in zwei Stunden, so ein Irrsinn, die Schwester ist also am Verhandeln, und im Laufe der Verhandlungen wächst Gisèles künftige Baumschule an ihrem künftigen Standort zu einem prächtigen Unternehmen heran. Alphonse hat eine halb aufgerauchte Zigarette zwischen den Lippen, die längst erloschen ist, auf der kaut er herum und knurrt mißgelaunt, daß schon sein Vater hier Hühner und Enten…, und dessen Vater auch. Der Bürgermeister hat eine Flasche Wein mitgebracht, Alphonse war doch selbst mal Soldat, seine Ställe sind unansehnlich und viel zu alt, der Bürgermeister drückt längst schon beide Augen zu wegen der hygienischen Verhältnisse in diesen Schrottställen, seien wir doch ehrlich, im Grunde sind sie abbruchreif, er legt großzügig sogar noch einen kleinen Getreidespeicher auf die neuen Ställe drauf für das Futter, das Alphonse bislang in Säcken lagert. Die Säcke weichen ihm immer durch, wenn es regnet, und dann ist der ganze Weizen hin. Ein kleiner Getreidespeicher wird im übrigen auch nötig sein, wenn die Nachfrage steigt, sobald die Kasernen da sind und die Soldaten zu Hunderten seine Hühner essen wollen. Das Angebot der Supermarktkette erwähnt der Bürgermeister besser nicht, obwohl es sich durch das Militär keinesfalls erledigt hat, im Gegenteil, hofft der Bürgermeister, der natürlich einsieht, daß dann selbstverständlich auch noch etwas mehr Land für Alphonse nötig sein wird.

Schließlich wird es so oder so ähnlich gelaufen sein zwischen Alphonse und dem Bürgermeister, ein klassischer Bauernhandel, denn natürlich ist Land auf dem Land kein Problem, und Alphonse muß ja nicht selbst von dem Militärgelände runter, er wohnt ja nicht da draußen, umziehen müssen bloß seine Hühner und Enten, und am Ende der Flasche Wein geben sich die beiden die Hand, und jeder hat ein gutes Geschäft gemacht.

Von diesem Geschäft allerdings erzählt der Bürgermeister besser nichts seiner Frau, weil die dann seinen Plan durchschauen würde. Odile ist die Klügere von ihnen beiden, das weiß er.

Sie hält ihn für einen Schlappschwanz, weil er sich Stimmen von Toten ausleihen muß; jedenfalls nimmt er das an, und manchmal fragt er sich, ob sie wieder ins erste Stockwerk und ins Schlafzimmer einziehen würde, wenn er zwanzig Kilo abnehmen würde, aber er glaubt es eigentlich nicht.

Am Abend holt Piet für seine Mutter die Zigarillos, die sie inzwischen raucht, und als er am »Café du Marché« vorbei zum Tabac geht, ruft ihn Alphonse nach drinnen: He, Kleiner, ruft er, komm doch mal rein.

Piet weiß nicht, ob er ins Café darf, im Café steht ein Flipperautomat, und es wird Billard gespielt. Ob Mutter das erlauben würde, ist ungewiß; also bleibt er an der Schwelle und zögert, bis Alphonse ihm entgegenkommt.

He, Kleiner, sagt er, du bist doch der Sohn von Frau Choi. Hat die nicht kürzlich die alte Seidenspinnerei gekauft?

Das ist natürlich keine Frage, denn das weiß in M** längst jeder. Piet nickt und denkt an die Fleckenkrankheit, die wahrscheinlich noch immer in den alten Gemäuern haust und alles verseucht, aber seine Mutter kennt sich offenbar damit aus, und Piet achtet seine Mutter und will lieber glauben, daß sie und der Doktor Pasteur inzwischen etwas dagegen auf Lager haben, als sich Gedanken über die Seuche zu machen; trotzdem wäre er jetzt lieber weitergegangen.

Der alte Mann sagt: Kannst du deiner Mutter was ausrichten?

Piet nickt, hört genau zu und verspricht, sich alles zu merken.

Im Café war ein alter Mann, fängt er in seiner Muttersprache an, als er vom Tabac zurück ist, und dann spricht er französisch weiter:

Ich soll Mutter sagen, daß demnächst im Wald und in der Straße des guten Königs falsche Hummeln fliegen, mit vielen Grüßen an Mutter, das soll ich ihr von ihm ausrichten, sagt Piet, als er mit den Zigarillos nach Hause kommt.

Die Botschaft klingt wirklich zu seltsam, und Frau Choi muß einen Augenblick nachdenken. Ihr Französisch ist wesentlich flüssiger als noch zu Anfang, weil sie dauernd mit Mathilde zusammen ist und spricht, aber die falschen Hummeln versteht sie noch nicht, weil sie von Mathilde kein Militärfranzösisch gelernt hat.

Vielleicht hat sich jemand einen Spaß erlaubt, oder es ist ein Rätsel, fragt sie ihren Sohn, aber Piet sagt: Der Mann hat es zweimal gesagt und ganz leise dabei geflüstert, und ich mußte es auch noch mal wiederholen, und er hat pscht gesagt, nicht so laut.

Frau Choi zündet sich ein Zigarillo an und blättert schließlich im Wörterbuch, und dann weiß sie, was da fliegen soll, und greift zum Telefon.

Der Antrag auf die Umbaugenehmigung liegt längst beim Bauamt, weil der Architekt in M** nicht viel zu tun hatte, als Frau Choi um einen Termin bat. Er hat sich Frau Chois Pläne angehört und die Fotos angesehen, die sie mitgebracht hat, alles sehr merkwürdige Häuser, ein paar Kirchen waren auch dabei, alles Gebäude von Itami Jun, den Eric Halbwachs bis zu dem Tag nicht kannte, und zuerst hat er gezögert und bezweifelt, daß man so etwas hier machen könnte.

Karg und spröde und schroff, hat er gesagt, das geht ja noch, aber mir scheint, für M** doch etwas sehr ehrgeizig.

Frau Choi hat ihm Zeit gelassen und ihn nicht gedrängt, und schließlich hat der Architekt gesagt: Tatsächlich sehr exotisch, aber alles aus Holz, Stein, Eisen, Bambus, das paßt im Grunde nach M**.

Je länger er an seinen Entwürfen saß, um so mehr gefiel ihm diese Art zu bauen, er nahm Kontakt mit der berühmten Bambouseraie in Anduze auf und ließ sich beraten; der Ehrgeiz dieser beharrlichen Frau Choi steckte ihn an: Itami Jun war eine Entdeckung, und schließlich packten ihn Eifer und Leidenschaft, weil es in Nestern wie M** nicht alle Tage vorkommt, daß jemand sich eine Seidenspinnerei nach Ideen von Itami Jun umbauen läßt. In M** hat man es als Architekt, wenn überhaupt, fast immer mit Nullachtfünfzehn-Aufträgen der Stadt zu tun, schon die Banken lassen von ihren eigenen Leuten von auswärts bauen. Man kann nur davon träumen, in seinem Büro lässig auf das Foto eines ungewöhnlichen Hauses zeigen zu können und dem Klienten beiläufig zu sagen, übrigens eines meiner Projekte, und genau so ein Projekt hat er jetzt vor sich, er sieht das Foto schon über dem Schreibtisch, das »Bapguagup« ist sein höchstpersönliches Anliegen, und als er mit den Plänen fertig ist, bringt er sie nicht zur Post, sondern fährt selbst zum Bauamt, um womöglich ein bißchen Tempo zu machen. Da liegen sie seitdem, aber das ist nicht ungewöhnlich.

Rechnen Sie mit einem Vierteljahr, hat er Frau Choi gesagt, keine Ahnung, was die da machen, immerhin sitzen vier Leute im Bauamt von M**, aber wie Beamte so sind, in weniger als drei Monaten kriegt hier kaum einer was genehmigt.

Als er jetzt von den Drohnen hört, diesen falschen Hummeln, wird dem Architekten bange um das Projekt, das er vor seinem inneren Auge schon als Fotografie über seinem Schreibtisch hängen sieht: Im Rücken der Seidenspinnerei erhebt sich magisch der schwarze Berg, und vor dem Gebäude, auf der anderen Seite der Straße des guten Königs, hat Mathilde ihre Ziegen, dann fällt das Gelände schroff ab, und unten rauscht der Fluß durch die Schlucht; im Zentrum dieses Arkadiens ruht majestätisch sein Meisterwerk, schlicht und raffiniert in die Landschaft gefügt, als hätte es schon seit Jahrhunderten hier gestanden und hierhergehört.

Für die Menschen in Gwangju ist es wichtig, daß ein Raum leer ist, hat Frau Choi gesagt, und sie haben ein wenig darüber gesprochen, wozu Räume da sind.

Wenn ein Raum voll ist, kann sich darin keine Anwesenheit entfalten, hat Frau Choi gesagt.

Der Architekt hat über den leeren Raum nachgedacht und über die Anwesenheit in einem leeren Raum, und allmählich hat er sich für den leeren Raum und die Anwesenheit begeistern können, aber jetzt ist sein Meisterwerk in Gefahr, denn wo das Militär hinwill, das ist dem Architekten natürlich klar, da wird im Handumdrehen auch schon mal enteignet. Die rechtliche Lage ist ihm nicht im einzelnen gegenwärtig, weil in M** noch niemals jemand enteignet worden ist, aber er verspricht, sich darum zu kümmern. Er kennt aus Studienzeiten etliche, die damals in Larzac dabei waren, und da wird er sich erkundigen.

Inzwischen macht sich der Bürgermeister von M** an den zweiten Schritt seiner einfachen Lösung. Er ruft im Bauamt an und sagt denen, daß im Augenblick alle Anträge auf Eis gelegt werden müssen, die etwaige Vorhaben in der Straße des guten Königs betreffen. Das braucht er dort eigentlich gar nicht zu sagen, weil im Bauamt alles ziemlich still liegt, aber er mag es, wenn er die Macht seines Amtes spürt und wenn die da drüben kurz einmal aufwachen, weil der Bürgermeister persönlich anruft, um seine Anweisung zu erteilen.

Anschließend erinnert er sich, wie sie das alte Haus von Agnes platt gemacht haben. Damals hatte er Vincent noch einen Gefallen geschuldet. Sie wissen ja selbst, wie das mit Gefallen ist, mal schulden Sie Ihrem Kumpel einen Gefallen, und dann wieder ist es umgekehrt, und Ihr Kumpel schuldet Ihnen einen Gefallen. Immerhin hatte er damals Maurice von der freiwilligen Feuerwehr damit beauftragt, das alte Haus platt zu machen, weil der ihm noch einen Gefallen geschuldet hatte und niemand auf die Idee gekommen wäre, daß Maurice von der freiwilligen Feuerwehr den Brand gelegt hat. Bei Vincent wäre man draufgekommen, er hat das Grundstück schließlich für seine Vertragswerkstatt gewollt, aber bei Maurice ist keiner auf die Idee gekommen, und bei Vincent jetzt würde auch niemand auf die Idee kommen. Der hat seine Vertragswerkstatt.

Nebenbei sagt der Bürgermeister zu seiner Frau: Der Wagen muß in die Werkstatt; irgendwas mit den Stoßdämpfern ist nicht in Ordnung. Ich fahre ihn eben mal hin.

Ach was, sagt Odile.

Sie ist die Klügere von beiden. Schon Ostern hat sie eins und eins zusammengezählt, als ihr Mann plötzlich keine Lammkeule wollte und dann auch noch wegen der Ente höchstpersönlich zu Alphonse gefahren ist, und es hat keine zwei Tage gedauert, da hat sie gewußt, weshalb, weil Alphonse jedem, der es nur hören wollte, von seinem Geschäft mit dem Bürgermeister erzählt hat, und Odile will gar nicht wissen, was ihr Mann seinerseits den Stadtverordneten von diesem Geschäft erzählt hat, aber eines weiß sie genau, die Stoßdämpfer sind in Ordnung, weil Vincent die gleich mit überprüft hat, als sie das letzte Mal zur Inspektion war.

Warum es ausgerechnet die Stoßdämpfer sind, die sie so erbittern, weiß sie selbst nicht. Sie ist Schlimmeres gewohnt. Schon seit Jahren denkt sie nicht mehr darüber nach, ob ihm überhaupt noch auffällt, was er sagt, sie vermutet, es ist eine Berufskrankheit, eine Art Reflex geworden, überall, wo er steht und geht, zu lügen, und sie hört möglichst nicht mehr hin, wenn er irgendwo öffentlich spricht, aber plötzlich sind es die Stoßdämpfer, eigentlich eine Kleinigkeit, aber es ist immer nur ein Tropfen, der das Faß zum Überlaufen bringt, und als sie den Motor anspringen hört, spürt sie, wie das Faß übergelaufen ist und sie in einen Abgrund sinkt, ins Finstere, in die Schlucht, irgendwohin, wo es nichts hilft, die Klügere zu sein, wo es nie geholfen hat, die Klügere zu sein, sie gleitet aus der Zeit auf die andere Seite hinüber, in ein anderes M**, in das M** der Schattenseelen, der Nachtwesen, sie spürt, wie nah es ist, dieses M**, wie es eigentlich immer da war, man muß es nur betreten.

Jetzt ist es genug, sagt sie in Richtung Straße, auf der das Motorengeräusch sich entfernt. Ihre Stimme klingt ihr selbst fremd, und mit dieser fremden Stimme spricht sie weiter, bis sie alles gesagt hat.

* * *

Fünf Jahre nachdem Frau Choi in M** angekommen ist, wird das »Bapguagup« eröffnet. Es ist ein großer Umbau geworden, teils nach Itami Jun, teils nach dem örtlichen Architekten, der nicht mehr Monsieur Halbwachs, sondern inzwischen Eric heißt, und sich seinerzeit sehr dafür eingesetzt hat, daß das »Bapguagup« schließlich doch noch zustande kam. Ihm und seinen Freunden aus Larzac ist es womöglich zu verdanken, daß Paris einen Rückzieher gemacht hat, jedenfalls hat es im Herbst '91 von Hunderten Aktivisten in M** gewimmelt, die schon seit Monaten wegen des Iraks und des amerikanischen Präsidenten aus dem Häuschen waren, junge und nicht mehr ganz so junge Leute, die den Weltfrieden mit Schweigeminuten zu retten versuchten, und natürlich war es unter diesen jungen und nicht mehr ganz so jungen Leuten keine Frage, daß Larzac, der Irak und die Drohnen in M** nicht nur miteinander zusammenhingen, sondern im Grunde ein und dieselbe Sache wären, und dann war die Schäferei auch noch abgebrannt. Erst mußte für den Wiederaufbau der Schäferei gesammelt werden, und dann dauerte es bis Weihnachten, bis die Schäferei so weit hergestellt war, daß Mathilde wieder dort wohnen konnte; im Südwesten von Frankreich ist es eine Ehre, als Bürger gegen das Militär aufzustehen und Widerstand zu leisten, und die Schäferei jedenfalls erstand auch wieder auf. Einen Herbst lang ist M** das Zentrum von Rap und Reggae und Rastazöpfen und voller Begeisterung für Frau Choi gewesen, die die alte Seidenspinnerei gegen die Drohnen verteidigen und in ein »Bapguagup« verwandeln will und inzwischen das Pflaumenfeld in einen immensen exotischen Garten verwandelt hat, in dem zwar nicht unbedingt Marihuana, dafür aber dem Hörensagen nach alles mögliche Fremde wächst, das jeder braucht, der aus Gwangju kommt und in M** ein »Bapguagup« aufmachen will.

Es ist ein aufregendes Feld geworden, und Marie-Ange ist froh, daß sie im Sommer die Stadt und ihren Freund verlassen hat, als die vom Militär oder vom Bürgermeister oder wer auch immer ihrer Mutter das Dach überm Kopf abgefackelt haben. Nachdem die Schäferei einmal platt war, hieß es natürlich, das Feuer sei aus Unachtsamkeit entstanden, Touristen vielleicht, eine Glasscherbe, eine in die Landschaft geworfene Zigarettenkippe bei immerhin vierzig Grad, und schließlich könnte Mathilde es ja auch selber verschuldet haben, so wie die da gewirtschaftet und gewohnt hat, als sei man im falschen Jahrhundert; eine explodierte Gasflasche, und nicht mal fließendes Wasser.

Aber selbst auf Yves' Campingplatz glauben nicht einmal die Touristen aus Schweden und Holland, daß es so gewesen ist, obwohl die nun wirklich mit den Gepflogenheiten in M** nicht vertraut sind.

Mathilde wurde mit ihren sechzig Jahren zum Idol eines ganzen Sommers und Herbstes, und Marie-Ange ist bis heute in M** geblieben, weil inzwischen nicht nur Frau Choi und ihre Mutter, sondern eine ganze Menge Leute in M** Karriere gemacht haben.

Marc Dufetel allerdings ist alles andere als froh, daß Marie-Ange ihn verlassen hat, aber das gesteht er sich jetzt noch nicht ein. Das nagt zunächst nur unterschwellig an ihm. Das bricht erst später aus ihm heraus.

In diesem Herbst, in dem die alte Schäferei wiederaufgebaut wird und die alte Seidenspinnerei rund um die Uhr von Aktivisten gegen mögliche Brandanschläge bewacht wird, hat sich der Bürgermeister von M** nicht recht wohl gefühlt, das können Sie sich vorstellen. Die dunkle Verachtung seiner Frau hat sich nach der Angelegenheit mit den Stoßdämpfern in klirrende Kälte verwandelt, und später hat Odile sich gebärdet, als wollte er sie vergewaltigen, als er ihr nach ein paar Gläsern die Hand auf den Hintern legen wollte, nachdem Vincent die Schäferei platt gemacht hatte; nun gut, er wollte vielleicht auch etwas mehr, als ihr nur die Hand auf den Hintern zu legen, aber eigentlich ist das sein gutes Recht, und sie braucht sich da gar nicht so anzustellen. Du widerst mich an, hat sie zwar nicht gesagt, wie sie überhaupt nicht mehr mit ihm spricht seit den Stoßdämpfern, aber wenn er sie auch nur kurz mit dem Ellenbogen streift, zuckt sie zusammen, daß er zurückschreckt wie vom Schlag getroffen. Er fühlt sich, als habe er eine eklige Krankheit, und je mehr er sich fühlt, als habe er eine eklige Krankheit, desto mehr blüht Odile neben ihm auf. Sie hat angefangen, in der Fahrschule ihrer Eltern wieder Fahrstunden zu geben; offenbar widert es sie nicht an, mit rastazöpfigen jungen Typen durch die Gegend zu kutschieren, die bei Yves campieren, bis Mitternacht um ihre Gaskocher hocken, Alphonses Hühner grillen und zur Gitarre singen. Dem Bürgermeister wird übel bei dem Gedanken. Die Stadtverordneten setzen ihm zu, und mancher von denen denkt sich, da ist was dran an dem, was die Typen sagen, daß so eine Schäferei nicht von alleine zu brennen anfängt, da wird jemand nachgeholfen haben, und schließlich wacht der Bürgermeister eines Morgens Anfang November auf und schafft es gerade noch knapp bis zum Badezimmer.

Übelkeit und Erbrechen, sagt er später, als er einen Termin bei Luc Murat hat. Murat fragt, ob er vielleicht etwas Falsches gegessen hat, kann aber auch nichts Verdächtiges an überbackenem Chicorée finden.

Gibt es sonstige Beschwerden, fragt er noch, und da fiele dem Bürgermeister durchaus das eine oder andere ein, aber von Odile und den Stadtverordneten kann er nicht sprechen, auch wenn er sie durchaus zu den Beschwerden rechnet, und Murat schickt ihn wieder nach Hause.

Am nächsten Tag tut ihm alles weh, er hat Schüttelfrost und fühlt sich, als habe er Grippe, Sie wissen ja selbst, wie sich Grippe anfühlt. Odile kommt in der Mittagspause nach Hause. Er hat rasenden Durst. Sie kocht ihm Tee. Dann fährt sie wieder zur Arbeit.

Am Abend ruft sie Murat, weil ihr Mann die Grippe hat, aber als Murat kommt und ihm die Hand auf die Stirn legt, sagt er: Noch nicht einmal Temperatur.

Nun, nach dem Tod des Bürgermeisters, hat sich Luc Murat gedacht, es wäre womöglich besser gewesen, ihn ins Krankenhaus einzuweisen, aber die Krankenhäuser sind anderthalb Stunden entfernt in der Stadt, und wer hätte absehen können, daß sich das so entwickeln würde, er, Murat, hatte das nicht kommen sehen, der Mann war noch nicht einmal fünfzig. Herzversagen, sagt er. Er sagt immer Herzversagen, wenn er nicht weiß, was es ist. Herzversagen ist praktisch, eine schöne, klare Todesursache, besonders bei Hochdruck und Übergewicht. Zu Odile spricht er schonend von den Grundleiden ihres zu früh von ihr gegangenen Mannes, von der Belastung des Amtes, dann stellt er den Totenschein aus und drückt ihr noch einmal mitfühlend die Hand.

Zur Eröffnung des »Bapguagup« gibt es ein riesiges Fest. Frau Choi hat über das Bauamt triumphiert, das kleine Nest M** hat mit Hilfe der Aktivisten und des Roten Feuerfalters zuletzt doch noch über das Militär und die Drohnen triumphiert, Yves' Campingplatz ist zum »Campingplatz des Jahres 1993« gewählt worden, um die Mühle muß er sich keine Sorgen machen, sein Nußöl hat in der Szene reißenden Absatz, und wenn etwas in der Szene erst einmal Absatz hat, dann bald auch bei anderen Leuten, weil alle Leute immer auf die Dinge kommen, auf die die Szene zuvor auch schon gekommen ist, das ist ein Naturgesetz. Hervé hat unten am Fluß seinen Kanu- und Kajakpark beträchtlich vergrößert, und die Sache mit dem

Roten Feuerfalter hat Yolande und ihrem Schmetterlings-
führer internationale Aufmerksamkeit gebracht.

Yolande hatte den Roten Feuerfalter auf Frau Chois Feld
entdeckt, er saugte flügelschlagend an den rosa Blüten ir-
gendeines Krautes, das zwischen den Eschen blaßrosa
blühte, und leuchtete weithin, auf den ersten Blick eine
Art besonders schöner Dukatenfalter, aber beim Näher-
kommen war es dann eindeutig kein Dukatenfalter und
auch sonst kein Feuerfalter, den Yolande kannte, sie machte etliche Aufnahmen mit ihrer Minolta, und später ist sie
kurzerhand mit den Aufnahmen nach St. Chely gefahren,
weil sie da ein kleines Schmetterlingsmuseum haben, und
da hat sie gefragt, ob die ihn vielleicht identifizieren könn-
ten, aber in St. Chely hat auch keiner den Falter gekannt,
und anschließend hat sie es im Musée des Papillons in Lüttich versucht, weil sie da vor Jahren einmal gewesen war
und sich nun erinnerte, daß es in Lüttich einen Raum nur
mit exotischen Exemplaren gibt, aber Monsieur Houyez
konnte ihr auch nicht helfen.

Erst im Naturhistorischen Museum in Wien ist ihr
Schmetterling als der besagte Rote Feuerfalter erkannt
worden, den es in Frankreich eigentlich gar nicht gibt,
aber plötzlich gab es ihn doch, und die Nachricht von der
Coreana raphaelis verbreitete sich in Windeseile, nachdem
der »Rote Orbit« in einem kleinen Artikel darüber berichtet hatte, daß in dem Nest M** im Südwesten ein seltener
asiatischer Falter gesichtet worden ist. Genauer gesagt, an

einem Kraut zwischen den Eschen von Frau Choi, die sie angepflanzt hat, weil sie aus Gwangju ist.

Es ist im nachhinein schwer zu sagen, ob es die Aktivisten waren oder der Rote Feuerfalter, der Paris zum Nachgeben in der Angelegenheit der Drohnen veranlaßt haben, denn wenn Sie sich erinnern, war das Jahr, in dem das »Bapgua-gup« eröffnet wurde, für Paris kein gutes Jahr.

Es ist kaum anzunehmen, daß Sie in diesem Jahr Ihre Ferien im Südwesten des Landes verbracht haben, wahrscheinlich haben Sie sogar den Bordeaux, den Sie sonst immer kaufen, beim Weinhändler stehenlassen und sind auf Barolo oder Rioja umgestiegen, in M** jedenfalls hat man in jenem Sommer nur wenige Ausländer in der »Blauen Orange« und den »Drei Pinien« gesehen, in Paris hingegen hat man Protest aus allen Ländern gesehen.

Auch die neue Bürgermeisterin von M**, Madame Goubert, hat im übrigen einen Stapel Proteste nach Paris geschickt und in einem gesonderten Schreiben dem Präsidenten von der Entdeckung des Roten Feuerfalters berichtet, der bei Entomologen aus allen Ländern Wirbel verursacht und Interesse an der Fauna von M** geweckt habe; sie erwähnte nebenbei, daß dieser Falter auf der Insel Honshu besonderen Schutz genieße und auch in Frankreich besonderen Schutz genießen sollte, und sie schloß ihren Brief mit der Bemerkung, daß, wie der Präsident natürlich wisse, auf der Insel Honshu die weltbekannte Stadt Hiroshima liege und daß vermutlich den Naturschützern keinesfalls entgehen werde, daß ein Zusammenhang zwischen den aktuellen französischen atomaren Aktivitäten auf den Inseln Mururoa und Fangataufa und den vor fünfzig Jahren fast auf den Tag genau auf Honshu vollbrachten Taten bestünde, und sie, Madame Goubert, appelliere an Monsieur le Président, die für M** vorgesehenen Drohnen zugunsten des Roten Feuerfalters zurückzuziehen, wenn Monsieur le Président nicht riskieren wolle, daß M** in den Fokus der internationalen Aufmerksamkeit von Pazifisten und militanten Naturschützern gerate. Des weiteren erwähnte Madame Goubert, daß die Gemeinde von M** bereits Kontakt mit dem Dorf F** auf der Insel Honshu aufgenommen habe, um gemeinsam mit F** alle für den Erhalt des gefährdeten Roten Feuerfalters notwendigen Anstrengungen zu unternehmen; sie habe sich des weiteren mit einer Gruppe Experten der IUCN in Verbindung gesetzt, die einen Antrag auf Aufnahme des Roten Feuerfalters gar nicht erst ins französische, sondern gleich ins Washingtoner Artenschutzabkommen erarbeite, wie ja auch der Rote Apollo längst durch das Washingtoner Artenschutzabkommen vor dem Aussterben bewahrt werde.

Die Aktivisten jedenfalls feiern die Eröffnung des »Bapguagup« als ihren persönlichen Sieg über die Drohnen, gemeinsam mit vielen Bewohnern von M**, die sich im stillen dazu gratulieren, diese Bürgermeisterin gewählt zu haben, die ihre prächtige Trikolore-Schärpe am Tag der Eröffnung trägt und eine kleine Rede hält, in der die

Dauerquerelen zwischen dem Architekten und dem Bauamt längst vergangen und nur noch Anekdote sind, aus der Eric schließlich siegreich hervorgegangen ist, auch wenn sie auf dem Bauamt bis heute nicht verstanden haben, daß die Vorstellungen eines Itami Jun durchaus nach M** passen.

Denn, so Madame Goubert: Itami Jun siedelt seine Werke am Rande des Nichts an, nur so können sie Wirklichkeit werden. Und tatsächlich sei auch das »Bapguagup« am Nichts angesiedelt und aus dem Nichts entstanden, das der Untergang der Seidenspinnerei hinterlassen habe, und jeder der hier Anwesenden könne den Schauder der Schönheit spüren, der aus Itami Juns Häusern aufsteigt und den auch Eric verspürt und nun dankenswerterweise nach M** gebracht habe, einem Ort, in dem schon seit jeher die Häuser aus Steinen, Holz und Eisen gebaut werden, dessen Tradition jetzt in Gestalt des »Bapguagup« jenen Schuß an Moderne erhält, auf den er gewartet hat, und auf die wunderbare Durchdringung von Tradition und Moderne in M** möchte Madame Goubert nun ihr Glas erheben.

Frau Choi trägt einen langen weißen Hanbok und ein tiefblaues Bolerojäckchen, die schwarzen Haare hat sie mit einer sonderbaren Spange hochgesteckt, aus der oben ein Schmetterling herausragt, sie sieht anmutig aus und nicht so ganz wie von dieser Welt, und Piet steht achtungsvoll und mit seinen dreizehn Jahren wohl auch ein wenig verlegen etwas abseits auf dicken Socken. Im übrigen haben alle Gäste ihre Schuhe ausgezogen und in der hellen Diele des Hauses gelassen, es sind sogar Leute aus der Stadt hochgekommen, um das Ereignis auf Strümpfen zu feiern, und jetzt trinken sie auf die Durchdringung von Tradition und Moderne und auf Frau Choi und sind gespannt aufs Essen.

Besonders gespannt, sogar argwöhnisch gespannt ist der Wirt der »Drei Pinien«, der gerüchteweise von Matthieu gehört hat, daß Frau Choi kulinarisch zaubern kann.

Möchte Mutter, daß ich ihr helfe, sagt Piet, aber Frau Choi schickt ihren Sohn zu Yolande, Yves und Bastien, der furchtbar blaß aussieht.

Frau Choi hat Mathilde und Marie-Ange in der Küche.

Es ist mit einiger Sicherheit anzunehmen, daß Mathilde und damit auch Marie-Ange schon seit längerem Genaueres über die Zauberkünste von Frau Choi wußten, denn Frau Choi und Odile kannten sich noch nicht, als der Bürgermeister von M** überraschend starb, aber jetzt, bei der Eröffnung des »Bapguagup«, kennen sie sich offenbar, denn Odile grüßt mit den Augen in Frau Chois Richtung, und Frau Choi grüßt mit den Augen zurück.

Yolande, die diesen Blick bemerkt, ist womöglich noch nicht ganz im Bilde, wird aber schon etwas geahnt haben, denn sie hat schließlich nicht nur den Roten Feuerfalter auf Frau Chois Feld fotografiert, sondern auch eine Bilsenkraut-Blüteneule, die ihr nicht die geringste Schwierigkeit bei der Identifizierung bereitet hat, gelblich-bräunliche

47

Vorderflügel, Nierenmakel mit Verbindung zum Vorderrand des Flügels, Wellenlinie mit braunem Fleck, Saumband mit verschwommenem gelbem Fleck, kein Zweifel.

Keine Ahnung, wozu sie Bilsenkraut anbaut, hatte Yves am Abend gesagt, als Yolande ihn gefragt hatte: Warum, glaubst du, baut sie Bilsenkraut an?, und spätestens mit dem Totenkopfschwärmer, dessen Raupe sie auf Frau Chois Engelstrompete entdeckt hat, muß ihr ein Verdacht gekommen sein. Von den Eisenhut-Höckereulen hat sie Yves schon nichts mehr erzählt. Statt dessen hat sie die Arbeit herausgesucht, die sie den Müttern und deren Müttern gewidmet hatte, sie hat ein wenig darin geblättert und sich in die Schattenseelen und Nachtwesen eingelesen.

Das »Bapguagup« ist ein voller Erfolg. Besonders gut kommt das Bibimbap an, das vor Jahren schon Yves überwältigt hat und an dem sich in den kommenden Jahren etliche Köche in der Stadt versuchen werden, nachdem es sich bis dorthin herumgesprochen hat, aber da die Köche in der Stadt natürlich nicht angebaut haben, was jeder braucht, der aus Gwangju kommt, fehlt ihrem Bibimbap der Hauch Glockenblume und Adlerfarn, und so bleibt das Bibimbap von Frau Choi ein Geheimnis, ebenso wie ihr Sinsollo mit der Spur von Lilie darin und das Kalbi-Chim mit Schokoladensoße. Der »Midi Libre«, der einen Redakteur zur Eröffnung geschickt hat, berichtet, daß es auf geheimnisvolle Weise höchst subtil wie auch brutal sei, wie das Kori-Kuk in Messingtöpfen auf einem Holzkohlenfeuer direkt am Tisch fertig gegart wird, und die unzähligen Varianten von milchsauer vergorenem Gemüse seien durch die Zugabe von Chilischoten geradezu explosiv, kurz, hier in M** sei mit dem »Bapguagup« ganz offenbar etwas entstanden, das dem »Kim Lee« und seiner berühmten Wirtin Madame Kim im neunten Arrondissement von Paris soeben den Rang abgelaufen habe. Allerdings, so der »Midi Libre«, sei die Straße nach M** in einem derart miserablen Zustand, daß man nur abenteuerliebenden und unerschrockenen Genießern einen Abend in der von Monsieur Eric Halbwachs zauberhaft umgestalteten Seidenspinnerei empfehlen könne; und falls Sie, nachdem Sie im Jahr 1995 konsequenterweise Ihre Sommerferien nicht im Südwesten von Frankreich, sondern vielleicht in Spanien verbracht haben, im folgenden Jahr wieder nach M** gefahren sein sollten, werden Sie erfreut festgestellt haben, daß sogar die Paßstraße vor der Hochebene von M** inzwischen ausgebaut und geteert worden ist und man im großen und ganzen von einer zweispurigen Straße nach M** sprechen kann, seit Frau Choi dort das »Bapguagup« hat, das Sie allerdings kaum besucht haben dürften, weil Sie schließlich nicht Ihre Ferien im Südwesten von Frankreich verbringen, um Sinsollo zu essen. Das wiederum hat die Wirte der »Blauen Orange« und der »Drei Pinien«, die sehr mißtrauisch auf die neue Konkurrenz geschaut haben, mit dem neuen Projekt versöhnt. Die mediterranen Lammkoteletts mit den verkochten grünen Bohnen sind nicht in Gefahr geraten, denn wenn Sie im Vorbeigehen

49

Frau Chois Speisekarte gelesen haben sollten, werden Sie irritiert gesagt haben: Was soll das denn wohl heißen, »Fleisch aus dem Garten«?, Sie werden wohl schwerlich darauf gekommen sein, daß sich dahinter Bohnen verbergen, die allerdings im »Bapguagup« nicht braun und verkocht auf dem Teller liegen, und auf Fleisch aus dem Garten werden Sie vermutlich keinen Appetit gehabt haben.

Mit ganz anderem Fleisch aus dem Garten hat es kurz darauf Bastien zu tun, und spätestens das dürfte der Zeitpunkt gewesen sein, an dem sich auch Yolande die Karriere von Frau Choi erschlossen hat.

Bastien ist ein unkompliziertes Kind gewesen, er war viel draußen, im Sommer am Fluß oder im Schwimmbad auf Yves' und Yolandes Campingplatz, aber seit einiger Zeit, Bastien ist dreizehn, vielleicht sind es die Hormone, hat er immer häufiger eine schlimme Migräne. Doktor Murat hat es mit verschiedenen Mitteln versucht, eine Weile lang hat Paracetamol geholfen, aber die Wirkung hat dann nachgelassen, und jetzt gibt es Tage, da ist es für den Jungen schon eine Qual, wenn morgens das Licht in sein Zimmer dringt und in die Augen sticht und schneidet. An anderen Tagen sitzt er in der Klasse und kämpft gegen Übelkeit, und Yolande ist ratlos. Sie läßt ihn im Bett, wenn sie sieht, wie er leidet, und am Abend kommen Freunde und bringen den Schulstoff vorbei, die Hausaufgaben, die Bastien in seinem Zustand nicht machen kann. Yolande läßt Yves allein in die Ölmühle fahren und bleibt bei Bastien zu Hause, und natürlich leidet sie mit, wenn sie das Elend sieht, alle drei haben Angst vor der nächsten Attacke, und Yolande geht im Haus nur auf Zehenspitzen, weil jedes Geräusch in Bastiens Kopf wie eine Granate einschlägt, aber es ist Herbst, und der Herbst in M** ist nicht leise. Draußen heult der Wind, es jault aus dem Wald, das ganze Haus wimmert und ächzt, und in seinem Bett liegt Bastien und jammert still vor sich hin, auch wenn seine Mutter auf Zehenspitzen umhergeht, und ein paar Tage nach der Eröffnung des »Bapguagup« kommt Piet eines Abends, um den Schulstoff und die Hausaufgaben zu bringen.

Mutter läßt fragen, wie es ihm geht, sagt er, als er hereinkommt und Yolande rasch die Tür hinter ihm schließt, damit der eiskalte Wind nicht mit ihm ins Haus gelangt.

Ach, sagt Yolande etwas niedergeschlagen und schickt ihn weiter zu Bastien ins Zimmer.

Bevor er wieder geht, sagt Piet: Vielleicht kann Mutter helfen.

Yolande denkt daran, wie sie einmal vor dem Schultor gestanden hat und Frau Choi sagte: Ich habe Lust, etwas anzufangen; und jetzt hört sie den Widerhaken, den sie damals nicht gehört hat, weil sie vor dem Schultor stand und die Kinder gleich rausstürmen würden. Sie hat auch damals gewußt, daß sie die Einladung zum Essen annehmen sollte, obwohl ihr nicht ganz wohl dabei war, aber jetzt spürt sie wieder, daß an Frau Choi und um sie herum etwas ist. Inzwischen spürt sie es sogar an Piet und um Piet

51

herum, und Luc Murat konnte Bastien jedenfalls nicht helfen.

Danke, sagt sie, das wäre wunderbar.

Sie erzählt Yves beim Abendessen flüchtig davon, daß Frau Choi Bastien vielleicht helfen könnte, und während sie spricht, merkt sie, daß sie es ganz schief erzählt, weil sie befürchtet, daß Yves denken könnte, sie spinnt. Zu ihrer Überraschung überhört Yves den schiefen Ton und sagt auch: Das wäre wunderbar, und sie liebt ihn dafür und weiß ganz tief in ihrem Inneren, daß es von Anfang an richtig war, hier oben und vor allem bei Yves zu sein, in der heulenden karstigen Landschaft mit den merkwürdigen Menschen, der Überdosis Natur, dem Ausgeliefertsein und dem schwankenden Strom, sie wundert sich nur, daß sie beide einmal davon geträumt haben sollen, auf die hellere Seite der Welt, in die Karibik oder was immer das war, zu gehen, weil sie hierher gehören, nach M**, und weil Frau Choi Bastien vielleicht helfen kann.

Es hat in M** gelegentlich Frauen gegeben, die helfen konnten, und viele Geschichten, die Yolande in ihrem Buch gesammelt hatte, fingen so an wie die, die Agnes ihr erzählt hatte, bevor ihr Haus platt gemacht worden und sie aus M** verschwunden ist. Yolande hatte sie auf ihrem kleinen Sony-Recorder aufgenommen und beim Abtippen oft anhören müssen, weil die alten Leute ihre Geschichten schon nicht mehr nach außen erzählten, sondern eigentlich niemandem mehr erzählten, jedenfalls niemandem mehr, der ihnen gegenübersaß, vielleicht erzählten sie die Geschichten auch nur noch sich selbst und nach innen. Jedenfalls hatten sie alle den Blick nach innen gerichtet, und auf den Bändern gab es oft lange Pausen, bevor es undeutlich weiterging.

Ich sage nicht, hatte Agnes gesagt, daß sie böse waren oder daß sie gut waren. Es waren eben Leute, die bestimmte Dinge besser wußten als andere Leute.

Yolande hofft, daß Frau Choi auch zu denen gehört, die bestimmte Dinge besser wissen als andere Leute und besser als Luc Murat, und sobald Bastien wieder bei Kräften ist, geht er nach der Schule mit Piet ins »Bapguagup«.

Hinter der Küche des »Bapguagup« gibt es einen sehr einfachen großen Raum, der inzwischen so bekannt ist wie Frau Choi selbst. Stein, Holz, Bambus, den Eric Halbwachs aus Anduze besorgt hat; ein schmales Längsfenster nach Süden, das in der Dämmerung den Blick auf einen jetzt kahlen Maulbeerbaum freigibt, ein langes schmales Querfenster nach Westen, durch das für ein paar Minuten flammend ein feuerroter, später dann lilagoldener Sonnenuntergang hereinscheint.

In der Küche sind Mathilde und Marie-Ange geschäftig, weil das »Bapguagup« schon um sieben Uhr aufmacht, damit die Leute vor Mitternacht wieder zu Hause sind, es ist seltsam genug, daß die Leute überhaupt durch die Dunkelheit ins »Bapguagup« kommen. Sie tun es, aber kein

53

Mensch in M** geht im Herbst oder Winter gern nach Mitternacht heim.

In dem hinteren Raum sitzt in ihrem Hanbok Frau Choi.

Er wird dich nicht mehr belästigen, sagt sie, als Bastien den Raum später wieder verläßt.

Wer, sagt Bastien.

Er ist weg, sagt Frau Choi, und dann gibt sie ihm das Pulver.

Natürlich glaubt in M** kein Mensch mehr an Werwölfe und Weiße Frauen, trotzdem spricht sich so eine Heilung in kürzester Zeit herum, weil die Mütter am Schultor auf ihre Kinder warten, und dann tratschen und klatschen sie miteinander, bis der Gong tönt, und wenn Mütter miteinander sprechen, sprechen sie oft darüber, was ihre Kinder haben; sie husten, sie essen schlecht, und Bastien Fauchat hatte schwerste Migräne, und jetzt hat er die Migräne plötzlich nicht mehr; es soll ein Pulver aus dem »Bapguagup« im Spiel gewesen sein, was mag das für ein Pulver sein, so ein Pulver wird durchs Weitersagen erst recht zum Geheimnis, und Doktor Murat glaubt, er sei im falschen Jahrhundert, als ihm Alphonse, der mit seinem Rheuma schon seit Jahren in seine Praxis kommt, eines Tages von der Wunderwirkung des Schlangenpulvers erzählt und ihn fragt, ob er es für möglich halte, daß Schlangenpulver auch gut gegen Rheuma sei.

So so, sagt Murat, also Schlangenpulver.

Man kann sagen, daß das Schlangenpulver die zweite Etappe der Karriere von Frau Choi gewesen ist, nachdem sie das »Bapguagup« angefangen hatte, und jetzt denken Sie womöglich, daß Ihr Italiener oder Ihr Grieche, oder zu wem Sie gerade essen gehen, gleich das Ordnungsamt auf dem Hals hätte und seinen Laden dichtmachen könnte, wenn etwas von Schlangenpulver in den Räumen hinter seiner Küche ruchbar würde, aber seien Sie ehrlich, und sagen Sie selbst: Würden Sie solch ein Gerücht denn glauben? Wohl kaum, denn Sie sind ja nicht im falschen Jahrhundert.

Corinne Goubert, die Bürgermeisterin von M**, glaubt es offenbar nicht, sonst würde sie das Ordnungsamt einschalten, anstatt weiter ins »Bapguagup« essen zu gehen, und Yves und Yolande glauben es auch nicht. Yolande hat natürlich noch im Ohr, was ihr Agnes erzählt hatte. Auch wenn sie nicht an das Schlangenpulver glaubt, hört sie Agnes' verwischte Stimme von den Leuten sprechen, die die Dinge besser wußten als andere Leute.

Sie fingen Schlangen, Vipern, Kreuzottern, alle möglichen Sorten, hatte Agnes gesagt. Sie pellten sie. Aus dem Körper machten sie Medizin, soweit ich mich erinnere. Mit der Haut – auf dem Sony-Recorder entstand eine längere Pause, und dann setzte die Stimme wieder ein –, die mußte ich mir um den Kopf legen. Aber das hat nicht immer geklappt.

Was es auch immer gewesen ist, das bei Bastien geklappt hat, Schlangenhaut war es nicht, und Yolande ist froh, daß sie Yves wieder in der Ölmühle helfen kann und sich nicht mehr vor der nächsten Attacke fürchten muß.

Es ist gar nicht so einfach, stellen Yves und Yolande fest, Frau Choi einmal einzuladen. Die anderen Restaurants sind seit Wochen bereits geschlossen, im »Bapguagup« hingegen gibt es nicht einmal einen Ruhetag, und so wird es schließlich Silvester, bis Piet und seine Mutter durch den Schnee zum Haus der Fauchats stapfen, der Winter ist ungewöhnlich kalt, sogar für M**, wo man Kälte gewohnt ist. Yolande wäre gern am Tag vor Silvester in die Stadt gefahren, um Austern und Lachs zu kaufen, aber bei dem Wetter taut sie lieber eine Schulter von dem Wildschwein auf, das ihr Schwiegervater im Oktober geschossen hat; der Kamin knackt und prasselt, Frau Choi raucht zum Aperitif ein Zigarillo, Bastien und Piet sind mit Bastiens Weihnachtsgeschenk beschäftigt. Die Chemical Brothers und Underworld beschallen über die neue PlayStation alle, die es hören wollen, und auch die, die es nicht hören wollen, Yolande pendelt zwischen der Küche und dem Wohnzimmer hin und her, und Frau Choi sagt nach einer Pause, in der sie nachdenkt, ob dies der richtige Moment ist, etwas zu sagen, über das sie schon länger nachgedacht hat:

Sie sollten kleine Gästehäuser bauen.

Ach ja? sagt Yves.

Unbedingt, sagt Frau Choi, und Yolande lacht: So berühmt ist er nun auch wieder nicht, mein berühmter Feuerfalter, daß hier die Entomologen in Scharen einfallen würden und am Ende noch ihren Jahreskongreß abhalten.

Nun, sagt Frau Choi, ein paar werden es aber sein.

Yves sagt: Für die zwei Monate Ferien lohnen sich Gästehäuser nicht; aber für Frau Choi ist das nicht die richtige Antwort. Sie war, wie sich herausstellt, schon bei Eric Halbwachs, und unter dem Foto der umgebauten Seidenspinnerei, das inzwischen über Erics Schreibtisch hängt, hat sie mit ihm darüber gesprochen, daß Yves demnächst vermutlich eine gewisse Anzahl Gästehäuser bauen wird, damit die Leute nicht nur in den Sommerferien hochkommen können, sondern das ganze Jahr über. Zwanzig kleine Itami-Jun-Dépendancen mit Fußbodenheizung haben ihr vorgeschwebt; die Zeichnungen dafür holt sie nun aus der Tasche, und noch bevor der Ärger in Yves hochsteigen kann, weil diese Frau Choi so mir nichts, dir nichts zu Eric Halbwachs gegangen ist, ohne ihn vorher zu fragen, erklärt sie Yves die Heizungsanlage seiner künftigen Gästehäuser, eine uralte Technik, nach der in Gwangju schon seit Tausenden von Jahren die Fußbodenheizungen gebaut werden, zugleich weltweit das Modernste, was es gibt, und Yves erinnert sich daran, wie sie auf dem warmen Boden bei Frau Choi gesessen haben, sein Ärger verpufft angesichts dieser wunderschönen Entwürfe – Stein, Holz, Bambus –, und er staunt nicht schlecht, wie einfach und preiswert eine solche Anlage und die zwanzig Itami-Jun-Würfel wären.

Zugegeben, sagt er, die Idee ist reizvoll. Aber es ist eine ziemliche Investition, und wer sagt uns, daß die Leute auch kommen.

Mit einer weiten Handbewegung zeigt er auf das große schwarze Terrassenfenster, hinter dem es ganz still geworden ist, weil es wieder zu schneien begonnen hat. Nur gelegentlich ist ein Jaulen aus dem Wald zu hören. Im Winter kann sich kein Mensch in M** vorstellen, daß es je wieder Sommer wird.

Yolande gefällt die Idee. Sie traut Frau Choi nach der Heilung ihres Sohnes inzwischen fast alles zu.

Immerhin sind wir Campingplatz des Jahres gewesen, sagt sie. Wir haben ganz gute Geschäfte gemacht.

Frau Choi sagt: Glauben Sie mir. Die Leute werden kommen. Sie sollten bald anfangen.

Nun, sagt Yolande und lächelt leise: Wie es ist, wenn Sie etwas anfangen, haben wir ja gesehen, und dann holt sie die Jungen von der PlayStation weg und die Wildschweinschulter aus der Küche, und das neue Jahr kann beginnen.

Nach dem Essen geht Yves in den Schuppen hinüber und schaltet die Zentralbeleuchtung ein, die seit Ende des Sommers abgestellt ist, und zu fünft machen sie einen Gang über den verlassenen Campingplatz, an dessen anderem Ende das Haus von Yves' Eltern liegt; die Fensterläden sind geschlossen, weil die alten Leute längst schlafen, und zwei Stunden später, nachdem Yolande und Yves noch einmal auf das neue Jahr angestoßen haben, zu zweit, und schließlich auch im Bett liegen, sagt Yolande: Zwanzig sind vielleicht etwas viele, aber laß uns doch fünfzehn versuchen.

Genau eine Woche später kommen zwar noch keine Leute nach M**, aber Marc. Wenn Sie sich an Marc nicht erinnern, ist das nicht weiter erstaunlich, denn selbst Marie-Ange erinnert sich nicht mehr so richtig an ihn. Die Stadt überhaupt ist eine ferne Episode in ihrem Leben geworden, seit sie wieder hier oben ist, in der Küche des »Bapguagup«, auf dem Feld von Frau Choi, manchmal auch in dem Raum hinter der Küche, in dem man zwar kein Schlangenpulver, aber doch sonst vieles lernen kann.

Marie-Ange trägt den Kopf mit den dunklen Locken wieder oben und mag nicht mehr gern daran denken, wie sie in der Stadt durch eine geruchlose, fade Zeit in das Büro eines Steuerberaters geschlichen ist, während ihr Freund wahrscheinlich eine andere hatte. In der ersten Zeit hier oben hat sie improvisiert und bei ihrer Mutter gewohnt, solange die alte Schäferei wiederaufgebaut wurde, in den Monaten des Rap und Reggae und der Rastazöpfe, als die Aktivisten überall campierten, aber schon im selben Winter hatte Odile ihr angeboten, das erste Stockwerk ihres Hauses zu beziehen. Ihr Ex-Schlafzimmer, aus dem sie schon lange ausgezogen war, und die beiden Räume ihres Mannes im ersten Stock sind ihr zuwider gewesen, und die Miete hatte sie ganz gut brauchen können; ins Treppenhaus wurde eine eigene Wohnungstür für Marie-Ange eingesetzt, und sie fühlt sich wohl in ihrer kleinen Wohnung mit den hohen Wänden, die sie sich rot und gelb gestrichen hat und die inzwischen ein wenig asiatisch wirkt, mit den Sitzkissen und der Schlafmatte darin, ein wenig leer, asiatisch und wohnlich. Gelegentlich trifft sie Antoine Sanchez, aber im Grunde nicht sehr häufig, weil sie abends im »Bapguagup« steht, wenn Antoine Zeit hat, und tagsüber, wenn sie Zeit hat, steht Antoine bei seinem Vater in der Straße des Doktor Pasteur in der Apotheke, aber wenn es jemanden gibt, über den Marie-Ange nicht mehr so häufig nachdenkt, dann ist das Marc Dufetel, der indessen völlig unangekündigt am 8. Januar gegen 16 Uhr vor ihrer Tür steht und fragt, ob er ein paar Tage bleiben kann.

Was ist denn los, sagt Marie-Ange und schaut auf die Uhr, weil sie um 17 Uhr spätestens bei der Arbeit sein will, sonst wird die Vorbereitungszeit in der Küche zu knapp.

Du siehst gut aus, sagt Marc.

Du auch, sagt Marie-Ange; aber dann merkt sie sofort, das stimmt nicht. Marc Dufetel hat vor vier Jahren gut ausgesehen, jedenfalls hat Marie-Ange das noch in Erinnerung, aber vielleicht kennen Sie das, jemand sieht ganz gut aus, solange er noch nicht dreißig oder vierzig ist, aber um die dreißig oder vierzig gibt er das Gut-Aussehen einfach auf, man weiß gar nicht so recht, warum. Die Züge rutschen ihm aus dem Gesicht, oben werden die Haare nicht unbedingt etwa dünner, sondern ein wenig wie die Haare von einem Hamster, der ganze Mann verschwimmt in sich selbst, vielleicht hat es mit der Dreißig oder der Vierzig zu tun, vielleicht auch mit etwas anderem, aber selbst wenn es nur drei oder vier Kilo sind, die dieser Marc Dufetel zugenommen hat – am Gewicht kann es kaum liegen –, plötzlich ist die ganze Gestalt irgendwie dicklich, milchig und irgendwie feist, findet Marie-Ange, aber wo er nun einmal da steht und ein paar Tage bleiben will, kann sie ihm nicht gut sagen, daß er doch bitte sehr auf dem Absatz kehrtmachen und wieder hinunterfahren soll in die Stadt; ein Hotel gibt es bekanntlich in M** noch nicht, und sie sagt: Ein paar Tage vielleicht.

Du bist wirklich ein Engel, sagt er, und es hat sie schon früher geärgert, wenn er das gesagt hat, weil sie nun einmal Marie-Ange heißt und es einfallslos findet, wenn jemand sagt, sie sei ein Engel.

Sehr originell, sagt sie und läßt ihn hinein.

Bevor sie geht, sagt sie Odile unten Bescheid, daß sie Besuch hat, und Odile, während sie den Zweitschlüssel sucht, sagt: Hast du gehört, heute früh ist Mitterrand gestorben.

Ja, sagt Marie-Ange, ich hab es heute mittag im Radio gehört. Die beiden stehen noch ein bißchen in Odiles Flur und sprechen über den toten Präsidenten, wie das Leute im Südwesten von Frankreich eben so tun, wenn der Präsident gestorben ist, und deshalb erinnert sich Marie-Ange so genau daran, wann Marc Dufetel unangekündigt bei ihr aufgetaucht ist, sonst hätte sie das wahrscheinlich gleich wieder vergessen.

Im »Bapguagup« geht es an diesem Montag erst kurz vor neun los, weil die Leute an solchen Tagen die Nachrichten sehen. Während sie den Sesam röstet und das Gemüse putzt und schneidet, erzählt Marie-Ange ihrer Mutter und Frau Choi, daß sie Besuch hat. Zur gleichen Zeit läuft im »Café du Marché« der Fernseher. Marc Dufetel hat sich ein Schinken-Ziegenkäse-Sandwich bestellt. Nach den Nachrichten schaut er den Männern beim Billard zu und überlegt, wie er in diesem gottverdammten Nest Fuß fassen kann. Die letzten Jahre in der Stadt sind ihm gründlich danebengegangen. Die Affäre mit der Engländerin hätte er sich sparen können, so verheiratet, wie die war, und für den Außendienstjob ist Marc Dufetel nicht gemacht, er haßt es, die Tür vor der Nase zugeschlagen zu bekommen, er haßt die Enzyklopädie in seiner Aktentasche, die Litanei, mit der er sie gräßlichen Müttern andrehen soll, damit ihre gräßlichen Kinder das Schuljahr schaffen, und die Mütter denken nicht daran, sie zu kaufen, sondern schlagen ihm die Tür vor der Nase zu, die Engländerin teilt ihm kühl mit, daß ihr Mann demnächst in die Stadt kommt, Marie-Ange mitsamt dem ordentlichen Gehalt, das sie bei ihrem Steuerberater verdient hat, ist weg und abgehauen, alle Frauen in seinem Leben hauen ab oder knallen ihm die Tür vor der Nase zu; die Engländerin ist erst verheiratet und dann für ihn nicht mehr zu sprechen, und irgendwann ist auch die Wohnung weg, weil er Enzyklopädien verkaufen müßte, um die Wohnung halten zu können, aber er hat keine Lust mehr, sich morgens zu rasieren und mit Rasierwasser einzunebeln, um dann die Tür vor der Nase zugeschlagen zu bekommen; schließlich wird auch der Außendienstjob gekündigt, die Zeiten fangen an, sehr schlecht auszusehen, und jetzt heißt es irgendwo Fuß fassen, zur Not eben auch in M**.

Kann man mitspielen, fragt er nach einer Weile.

Als Marie-Ange kurz vor Mitternacht heimkommt, weiß sie sofort, daß es ein Fehler war, ihn nicht gleich wieder weggeschickt zu haben, aber Marc scheint zu schlafen. Trotzdem ist eine Anwesenheit im Raum, die sie nicht im Raum haben möchte, vielleicht ein Geruch, vielleicht aber auch gar nicht ein Geruch, sondern wirklich eine Anwesenheit, Marie-Ange kann das nicht unterscheiden. Sie setzt sich erst einmal hin und schließt eine Weile die Augen, aber die Anwesenheit bleibt, auch wenn sie sich selbst sagt, es ist Marc Dufetel. Wir haben zusammengewohnt, also was ist dabei. Ein Ex-Freund, sagt sie sich, und es sind schließlich nur ein paar Tage.

Als das nichts hilft, überlegt sie, ob sie zu Odile hinuntergehen soll. Aus dem Zimmer, in dem der Besuch auf der Schlafmatte liegt, kommen Schlafgeräusche, Odile ist sicher schon längst im Bett, Marie-Ange ist müde von der Arbeit, und am nächsten Morgen steht sie auf und hat in der Nacht nicht geschlafen.

Wie es aussieht, hat Marc prächtig geschlafen. Er setzt Kaffee auf, und während der Kaffee durch die Maschine läuft, geht er rasch zum Bäcker und holt Croissants, und während des Frühstücks sagt er aufgeräumt: Was hältst du davon, daß ich mir Arbeit suche.

Hier oben? sagt Marie-Ange und überlegt, was er vorhaben könnte.

Im Winter gibt es hier keine Arbeit, sagt sie, aber Marc hat im »Café du Marché« mit den Männern Billard gespielt und weiß bereits, daß sie in der Ziegelei immer Leute brauchen, auch im Winter, und er weiß auch, daß die Ziegelei die Zukunft für M** bedeutet, er erklärt Marie-Ange, daß sie dort im Begriff seien, eine spezielle Technologie zur Wärmedämmung zu entwickeln, die in ganz Frankreich einmalig sei, sie mache sich keine Vorstellung von dieser raffinierten Technologie.

Wie solltest du auch, sagt er und will zu einem längeren Vortrag ansetzen, weil er spürt, daß die überlegene Technologie zur Wärmedämmung seine eigene Überlegenheit unterstützt, die ihm in der letzten Zeit etwas weggerutscht war, und dank der raffinierten Technologie zur Wärmedämmung, die er im Begriff ist, vor Marie-Ange zu entfalten, wird er wieder Fuß fassen, zur Not auch in diesem Nest, aber gerade als er Schwung holen will, unterbricht ihn Marie-Ange, die im Augenblick nicht über Technologien der Überlegenheit oder Wärmedämmung nachdenken, sondern lieber ihre Wohnung wieder für sich haben möchte.

Hattest du nicht gesagt, daß es nur für ein paar Tage sein soll? sagt sie, aber das hat nicht Marc gesagt, sondern sie, und Marc ist plötzlich erfüllt von dem Vorsatz, hier leben zu wollen, er hat für den Ausrutscher mit der Engländerin bitter bezahlt, das gibt er zu, und Marie-Ange soll ihm das jetzt nicht vorhalten.

Marie-Ange hält ihm keine Engländerin vor, von der sie bis zu diesem Moment nicht einmal wußte, daß sie eine Engländerin ist.

Es bleibt dabei, sagt sie, ein paar Tage, und Marc Dufetel denkt mit Ingrimm: Das wird sich zeigen.

In der Ziegelei suchen sie tatsächlich auch im Winter Leute, allerdings nicht in der Entwicklung ihrer einmaligen Technologie, mit der sie im übrigen noch nicht sehr weit sind, sondern beträchtlich unter dem Mindestlohn und nicht an den Öfen, sondern draußen, gewissermaßen im Außendienst und in der schneidenden Kälte, aber Marc hat keine Wahl.

Abends geht er ins »Café du Marché« und verliert gegen die alten Männer im Billard, also weiß er längst, daß Marie-Ange etwas mit dem Sohn des Apothekers hat. Diesen Antoine Sanchez schaut er sich gleich in den ersten Tagen mal an, er ist ein paar Jahre jünger als er, vielleicht sogar jünger als Marie-Ange, aber das scheint ja nicht viel zu sein, was Marie-Ange und der Typ miteinander haben, Marie-Ange jedenfalls hat nichts von einem Antoine gesagt, und so fällt Marc aus allen Wolken, als nach ein paar Tagen Marie-Ange, bevor sie ins »Bapguagup« zur Arbeit geht, plötzlich sagt: Übrigens, ich komme heute nacht nicht nach Hause.

Was soll das heißen? sagt Marc und spürt, wie plötzlich die Wut in ihm hochsteigt, und Sie wissen ja, wie so eine Wut sich anfühlt; es ist die Wut von Hunderten von Türen, die Ihnen vor der Nase zugeschlagen worden sind, da können Sie noch so rasiert sein und mit Rasierwasser eingenebelt Ihre Enzyklopädie in der Aktentasche durch die Gegend tragen, das Gesicht schwimmt weg, die Haare werden nicht dünner, aber sie sind ein wenig wie von einem Hamster, das kann mit der Dreißig zu tun haben, mit der Vierzig vielleicht, es liegt nicht an den drei, vier Kilo, und das alles wäre im Grunde beinah zu ertragen.

Bloß wenn Marie-Ange dann herkommt und sagt, ich komme heute nacht nicht nach Hause, und Sie sagen, was soll das heißen, und Marie-Ange sagt gar nichts, sondern sieht Sie an, als hätte sie Ihnen soeben gerade die Tür vor der Nase zugeschlagen, dann kann schon einmal die Wut hochkommen, und Marc spürt die Wut, und er spürt im selben Moment, daß sie ihn erleichtert. So eine Wut ist eine feine Sache; er sieht sich plötzlich mit anderen Augen um bei dem Flittchen, bei dieser Schlampe in ihrem leeren Raum, diesem asiatischen Puff mit den Schlafmatten und Sitzkissen, nicht einmal ein ordentliches Sofa hat diese Nutte, einen anständigen Tisch gibt es auch nicht, einen Tisch mit vier Beinen und mit einer Tischdecke auf dem Tisch, wie sich das gehört, was bildet die sich ein, einen Marc Dufetel verläßt man nicht, nicht einmal einen Tisch; das alles geht etwas durcheinander, weil eine Wut nicht sortiert, sondern alles auf einmal auf den Tisch bringen will, der in der leeren Wohnung nicht da ist, und da läuft diese Wut eben geradeaus und diesem Stück Dreck direkt ins Gesicht; soll sie nur zu ihrem Stecher rennen, ihm, Marc Dufetel, schlägt man nicht die Tür vor der Nase zu, und an dieser Stelle zeigt Marc Dufetel, wer hier zuschlägt.

Als erstes erwischt er die Kaffeemaschine, durch die er selbst morgens den Kaffee laufen läßt, während er zur Bäckerei geht und für Mademoiselle auch noch eigenhändig Croissants besorgt, und die Batterien für den Radiowecker, das ist Mylady wohl entgangen, hat er auch gekauft und ausgewechselt; sie scheint zu glauben, daß er für sie den Hausmeister spiele, aber da sei sie gewaltig im Irrtum.

Nach dem Radiowecker sind noch weitere Elektrogeräte zur Hand, Marie-Ange steht ganz still im Raum und begreift offenbar nicht, daß Marc auch andere Saiten aufziehen kann, wenn man ihn reizt, und jetzt möchte Marc dringend, daß sie die anderen Saiten sieht, aber bevor sie die noch kennenlernt, klopft es heftig, weil Odile besorgt ist und nachschauen möchte, was da oben solchen Krach macht bei Marie-Ange, und das kann sie gerne haben. Die soll mal schön rückwärts die Treppe wieder runter, der wird Marc Dufetel die Tür vor die Nase schlagen, daß es knallt, damit sie lernt, daß sie sie nicht in anderer Leute Angelegenheiten zu stecken hat.

Danach dreht er sich um und sagt: Und nun zu dir.

Auf der Gendarmerie sagt Marie-Ange nicht, was genau das gewesen ist, was »nun zu dir« bedeutet hat. Sie will nur eines, Marc soll aus ihrer Wohnung verschwinden.

Als sie mit den Gendarmen die Wohnung betritt, ist seine Wut schon wieder verflogen, und die Trümmer sind weitgehend weggeräumt. Marc lächelt die Beamten an und kann sich nicht erklären, warum Marie-Ange so aufgeregt ist.

Es ist beunruhigend, sagt er, aber sie hat manchmal diese Attacken. Dann senkt er die Stimme und sagt: Hysterie.

Die Beamten fragen, wem die Wohnung gehört, weil Marie-Ange sie gebeten hat, ihren Gast vor die Tür zu setzen.

Wir waren eine Zeitlang getrennt, sagt Marc, aber jetzt sind wir wieder zusammen.

Wo Marc Dufetel in den nächsten Tagen wohnt, ist unklar, vermutlich hat einer der Männer im »Café du Marché« ihm einen Tip gegeben, wo er unterkommen kann, und Marie-Ange denkt schon, er ist wieder hinuntergefahren in die Stadt, aber dann fangen die Anrufe an.

Ihre Mutter fragt besorgt, was mit ihr los ist.

Du würdest auch irre, sagt sie und erzählt in der Küche des »Bapguagup« von den Anrufen.

Frau Choi sieht sie aufmerksam an.

Marie-Ange spricht abermals mit den Gendarmen, aber diesmal können die gar nichts tun.

Hat er Sie bedroht, fragen sie, und Marie-Ange zieht die

68

Kassetten ihres Anrufbeantworters aus der Tasche und sagt: Ich finde, es klingt so, als wären es Drohungen; und was die drei dann hören, fängt mit Liebesbeteuerungen an, denn Marc hat nie aufgehört, Marie-Ange zu lieben, und er weiß, daß auch Marie-Ange nie aufgehört hat, ihn zu lieben, aber warum zum Teufel geht sie nicht ran, sie soll jetzt ans Telefon gehen, Marie-Ange, geh gefälligst ans Telefon, wenn ich mit dir spreche; gelegentlich kommt die Engländerin vor, wegen der Marie-Ange ihn offenbar bis in alle Ewigkeit schmoren lassen will, aber er weiß, daß sie ihn liebt, verdammt noch mal, sie kann was erleben, wenn sie nicht schleunigst ans Telefon geht, ich bin ganz in deiner Nähe, und wenn ich will, bin ich in drei Minuten bei dir, denk nicht, daß du mir entkommst, ich bin immer bei dir und um dich herum, und ich warne dich, ich wollte es im Guten versuchen, aber das scheint bei so einer Hure wie dir nicht zu ziehen, du Miststück, mach dich darauf gefaßt, daß ich mir hole, was ich haben will.

So geht es bei jedem Anruf, und die Gendarmen schütteln den Kopf, weil sie gar nichts tun können.

Heißt das, er muß erst was tun, bevor Sie eingreifen können, sagt Marie-Ange. Leider heißt es das. So ein Fall ist in M** noch nicht vorgekommen, jedenfalls nicht in letzter Zeit, und inzwischen weiß man auch in M**, daß es so etwas gibt, eine sonderbare Besessenheit, aber auch heute würden die Gendarmen Marie-Ange nur sagen können, was sie tatsächlich gesagt haben:

Gehen Sie zur Post, ändern Sie Ihre Telefonnummer,

lassen Sie sich auf die Rote Liste setzen, und seien Sie auf der Hut.

Das hilft nichts gegen das Gefühl, von hinten angestarrt zu werden, wenn Marie-Ange auf der Straße geht, es hilft nicht, wenn sie nachts vom »Bapguagup« nach Hause geht und im Dunkeln eine Gestalt sieht, vielmehr die Umrisse einer Gestalt eher ahnt als genau sieht, denn zu der Zeit gibt es nur im Zentrum von M** eine richtige Straßenbeleuchtung, und selbst als ihre Mutter anfängt, sie mit dem Wagen nach Hause zu bringen, meint sie auf dem Parkplatz etwas wahrzunehmen, und wenn nicht auf dem Parkplatz des »Bapguagup«, dann spätestens wenn sie aus dem Auto steigt und rasch zusieht, daß sie im Haus verschwindet, aber natürlich ist es für einen Besessenen nicht besonders befriedigend, nur als Umriß einer Gestalt aufzutauchen, obwohl das auch schon sehr schön Angst macht, selbst wenn Marie-Ange nicht an Werwölfe glaubt oder an die Weiße Frau, aber so ein Besessener will mehr.

Es ist schon Februar, als er zum ersten Mal im »Bapguagup« auftaucht. Frau Choi trägt bei der Arbeit wie immer ihren Hanbok.

Marc Dufetel hat nicht reserviert.

Ich bedaure, sagt Frau Choi, aber Marc Dufetel sagt: Hier sind doch noch Tische frei.

Er sucht mit den Augen die Küche.

Frau Choi sagt: Es tut mir leid.

Oh, sagt er, so ein Etablissement ist das. Er steht noch im Vorraum, in dem die Gäste ihre Schuhe stehengelassen haben. Seine Stimme ist schon etwas laut geworden, und jetzt drängt er an Frau Choi vorbei, die Gäste schauen hoch, und so gibt es Zeugen für die Szene, die sich nun abspielt, weil Marc Dufetel auf der Stelle Marie-Ange sehen und Streit haben will. Mathilde kommt aus der Küche und sieht sich den Mann einmal an, dessentwegen ihre Tochter so beunruhigt ist, daß sie dunkle Ringe unter den Augen hat und sich nicht mehr allein auf den Weg nach Hause traut. Frau Choi sieht sehr zart aus neben dem schwammigen Mann, der Schmetterling über ihrem Kopf zittert anmutig. Marc Dufetel hat mit Schuhen den Gastraum betreten, er hat schließlich auch in der Stadt schon asiatisch gegessen, und da brauchte er nie seine Schuhe auszuziehen, aber jetzt steht er in einem völlig anderen Raum, in dem sie offenbar die Dekoration vergessen haben: keine Yucca-Palmen und keine lackierten Säulen, keine bunten Stofflampions, nicht einmal der übliche Porzellanelefant, und alle, die ihn da stehen sehen in seinen Straßenschuhen, merken, daß der Mann und der leere Raum nicht zueinander passen, in diesem Raum wird es jetzt sehr still und sehr kühl wegen der falschen Anwesenheit, und Marc merkt, daß an Frau Choi und vor allem um sie herum etwas ist, aber Männer wie Marc mit dieser sonderbaren Besessenheit lassen sich nicht beeindrucken von Frau Choi, sondern würden ihr lieber den Laden zertrümmern, als den Raum zu verlassen, und als Frau Choi noch einmal sagt: Es tut mir leid, sieht er aus, als wollte er auch Frau Choi zertrümmern, aber unter den Blicken der anderen Gäste sagt er etwas von einem Bordell und wischt mit der Hand durch die Luft, weil er etwas sucht, das er kaputtmachen kann; die Hand findet aber nichts.

Kommen Sie jetzt, sagt Frau Choi, ich begleite Sie hinaus.

Ist er weg? sagt Marie-Ange, als Frau Choi anschließend in die Küche kommt.

Fürs erste ist er weg, sagt Frau Choi, aber er kommt wieder; und als Marie-Ange an diesem Abend die Haustür aufschließt, hat sie das Gefühl, daß er auf der anderen Straßenseite steht und sie beobachtet, und diesmal hört sie ihn flüstern. Du denkst, du bist mich los, hört sie, aber sie kann sich irren, weil sie inzwischen Gespenster sieht, und wer Gespenster sieht, kann sie vermutlich auch hören.

Sie wird ihn aber wirklich nicht los, weil er in ihrer Nachbarschaft eine Wohnung findet; in Nestern wie M** ist nichts leichter, als eine Wohnung zu finden, und mehr als eine Anderthalbzimmerwohnung braucht er nicht. Morgens fährt er zur Ziegelei, das sieht Marie-Ange, wenn sie zur Arbeit geht, weil dann sein Wagen nicht vor dem Haus steht, in dem er neuerdings wohnt, und meistens steht der Wagen auch noch nicht wieder da, wenn sie nachmittags zum zweiten Mal ins »Bapguagup« geht, aber sie findet Briefe im Briefkasten, gegen die die Gendarmerie leider ebensowenig unternehmen kann wie gegen die Anrufe, auch wenn sie einsieht, daß es beunruhigende Briefe sind, in denen inzwischen von Abstechen die Rede ist, von Kaltmachen und Umbringen, und auch gegen den Stein sind die Gendarmen machtlos, der bei Marie-Ange durchs Fenster fliegt und keine Fingerabdrücke aufweist – das könnte also jeder gewesen sein, Marc Dufetel wird befragt, und es wird Sie nicht wundern, daß er sagt, er sei es nicht gewesen.

Inzwischen hat Yves mit seinem Vater über die Gästehäuser gesprochen. Der Vater hat sich die Zeichnungen angesehen.

Wie läuft es in der Mühle, hat er gefragt, nachdem er die Zeichnungen eine ganze Weile angeschaut hat, und er hat zufrieden genickt, als er gehört hat, daß die Mühle auf Hochtouren läuft und er sich keine Sorgen machen muß, weil Yves und Yolande es so gut schaffen, wie er es früher geschafft hat mit seiner Frau.

Am Abend hat er mit seiner Frau gesprochen; die beiden alten Leute haben gesagt: Die Zeiten sind anders geworden, die Leute fahren nicht mehr mit Zelten durch die Welt, ein »Campingplatz des Jahres '93« muß ihnen wirklich mehr bieten; und alle zusammen sind sie an einem der nächsten Tage noch einmal über den winterlichen Campingplatz gegangen und haben sich vorgestellt, wie er aussehen wird mit den Itami-Jun-Würfelchen darauf, und Yves' Mutter hat ihren Sohn stolz angesehen, weil er etwas voranbringen will.

Yves hat einen Termin mit der Bürgermeisterin vereinbart, damit sie Druck auf dem Bauamt macht und die Würfelchen möglichst vor der Sommersaison schon stehen, die Bürgermeisterin sieht mit Wohlwollen, daß ein neuer Wind in M** aufgekommen ist, und Eric Halbwachs freut sich darauf, daß weitere Fotos seiner Werke demnächst über dem Schreibtisch hängen werden, die Baufirmen von M** erstellen Kostenvoranschläge, Konkurrenz belebt das Geschäft, die Ziegelei hat gut zu tun, sie braucht jeden Mann, und ab März fahren Planierraupen und Bagger über den Campingplatz, vor dem inzwischen neben der französischen eine europäische Flagge hängt, und in diesem Jahr ist der Platz trotz der Bauarbeiten von Ostern an durchgehend ausgebucht, einzeln oder in kleinen geführten Gruppen durchstreifen Gäste die Landschaft auf der Suche nach dem Feuerfalter, sie fotografieren wie die Verrückten, abends zeigen sie sich gegenseitig ihre Tagesausbeute, einen Eisvogel, ein Schachbrett, einen Zürgelbaum-Schnauzenfalter, und das »Bapguagup« ist ebenfalls ausgebucht, ohne Reservierung geht bei Frau Choi gar nichts.

Marc Dufetel hat reserviert, und er zieht auch seine Schuhe aus und läßt sie im Vorraum, als er das nächste Mal kommt. Dann nimmt er an seinem Tisch Platz mit Blick auf die Küche, studiert ausgiebig die Speisekarte und bestellt sich schließlich Mandu, Kalbi-Chim und Lauch-Kimchi.

Am Nebentisch sitzen Ariane und Guillaume Tournel, und als das Kalbi-Chim kommt, runzelt Ariane leicht die Stirn.

Was hast du, fragt ihr Mann.

Ich kann mich irren, sagt sie mit Blick auf das Kalbi-Chim, das wegen der Schokoladensoße ein Renner im »Bapguagup« ist, und Guillaume schaut sich das Kalbi-Chim an, Schweinerippchen, Karotten, Zucchini, Pilze, Zwiebeln, Kastanien, und er jedenfalls sieht nichts.

Vermutlich bilde ich mir was ein, sagt Ariane, aber sie ist trotzdem froh, daß sie kein Kalbi-Chim bestellt hat. Vielleicht hätte sie es bestellt, wenn da nicht die Schokoladensoße wäre, Ariane mag Schokoladensoße schon zu den mexikanischen Tauben nicht besonders, aber sie ist jetzt nicht wegen der Schokoladensoße irritiert. Sie hat sich tatsächlich einen Moment lang eingebildet, daß sie in dem Kalbi-Chim am Nachbartisch etwas gesehen hätte, das aussah wie Schöngelber Klumpfuß, es könnte auch ein Dottergelber Klumpfuß gewesen sein, vielleicht auch bloß ein Grünling, man kann das leicht verwechseln. Man kann das schon im Wald leicht verwechseln, aber wenn man im Restaurant plötzlich denkt, man sieht auf dem Teller am Nachbartisch zwischen Karotten, Zucchini, Zwiebeln und Kastanien einen Schöngelben Klumpfuß, dann ist man mehr als urlaubsreif, sagt sich Ariane, und außerdem, sagt sie sich weiter, ist jetzt überhaupt nicht die Zeit für den Schöngelben Klumpfuß, es ist Frühling, und der Schöngelbe Klumpfuß wächst im November; zwar in Landschaften wie M**, auf karstigen Böden, aber eben im Herbst, und für Grünlinge ist hier gar nicht die Gegend, Grünlinge mögen Sand.

Der Beruf verfolgt einen bis in die Ferien hinein, sagt sie, schüttelt sich und versucht, den Schöngelben Klumpfuß aus ihrem Kopf zu verscheuchen; der Schöngelbe Klumpfuß ist mild im Geschmack und jedem Forensiker ein Alptraum, die Meereszwiebel und der Schöngelbe Klumpfuß, und Ariane ist eine forensische Koryphäe am rechtsmedizinischen Institut der Universität Louis Pasteur in Straßburg, sie hat sich im vergangenen Jahr mit Jaegers »Akuten Vergiftungen« eingehend beschäftigt und hat das Kapitel von Doktor Th. Zilker recht frisch noch im Kopf, »Pilzvergiftungen«, eines der letzten Kapitel, und sie erinnert sich auch noch gut an eine Arbeit, in der das überraschende und beunruhigende Vorkommen des Orange-fuchsigen Rauhkopfs hier in dieser Gegend untersucht wurde, der immerhin ein naher Verwandter des Schöngelben Klumpfußes ist, aber jetzt würde sie sich gern über die Semesterferien freuen und mit Guillaume auf die Suche nach dem Roten Feuerfalter machen, statt am Nebentisch einen Schöngelben Klumpfuß nach Professor Th. Zilker zu sehen, der möglicherweise auch ein unproblematischerer Dottergelber Klumpfuß oder ein Grünling sein könnte. Ariane hat, nebenbei gesagt, den Grünling schon länger im Verdacht, irgendwie mit Muskelzersetzung zu tun zu haben, sie wird, da kann der Kollege Ledru noch so sehr intrigieren, demnächst ihre Mäusestudie beantragen, an deren Ende der Nachweis seiner Giftigkeit erbracht und eine Streichung des Grünlings von der Liste der eßbaren Pilze erfolgt sein wird ebenso wie ein absolutes Verkaufsverbot in Europa; der Schöngelbe Klumpfuß allerdings steht schon jetzt außer Zweifel und ganz oben auf der Giftpilzliste, aber der wächst nun einmal nicht im Frühling, sondern im November, obwohl die Gegend hier tatsächlich eine richtige Klumpfuß-Gegend ist, reinster Kalkboden.

Erst als ihr Jap-Chea nach der Nudelsuppe und den Kimbab kommt, mit einer sensationellen Ladung Knoblauch in der Sesamöl-Marinade, hat Ariane den Pilz vergessen, und ihr Mann hat ihn erst gar nicht gesehen und hätte ihre forensischen Überlegungen auch nicht recht nachvollzogen, obwohl er selbst eine forensische Koryphäe ist, aber Guillaume ist Entomologe; seine Domäne sind Schmeißfliegen, Stutzkäfer, Motten und Larven und so weiter, er hat einen internationalen Ruf, seit er im Fall der kleinen Annie den Todeszeitpunkt und damit den Vater als Täter ermitteln konnte, weil der kein Alibi hatte, aber einen Schöngelben Klumpfuß könnte er nicht von einem gewöhnlichen Pfifferling unterscheiden.

Ariane und Guillaume kommen gern in den Südwesten. Sie haben sich hier kennengelernt, es ist die Landschaft des großen Jean-Henri Fabre, der nicht weit von M** geboren wurde. Guillaume hatte während des Studiums zunächst Darwin gelesen, war dann auf Jean Pierre Mégnin gestoßen und hatte so den in Frankreich hoch verehrten Fabre entdeckt und systematisch sämtliche Bände seiner entomologischen Erinnerungen studiert, während Ariane auf der Suche nach dem kleinen, nur schwer auffindbaren Aufsatz »Insekten und Pilze« war. In diesem Aufsatz hatte Fabre den Nachweis erbracht, daß Insekten oder ihre Maden – entgegen der landläufigen Auffassung seiner Zeit – durchaus auch giftige Pilze zu sich nehmen und gut vertragen, er hatte dies unter anderem am Beispiel des Satansröhrlings gezeigt, den er noch für giftig hielt. Ariane wiederum bezweifelte die Giftigkeit des Satansröhrlings und hatte vor, das in einem Vergleich mit dem Netzstieligen Hexenröhrling nachzuweisen, und als Guillaume und Ariane sich in Sérignan im Haus von Jean-Henri Fabre kennenlernten, konnte Guillaume seiner künftigen Frau rasch helfen, nachdem sie ins Gespräch gekommen waren: Serie X, Kapitel XX. Er liebte diesen Aufsatz, er liebte die drastische Poesie dieses großen Wissenschaftlers und Feinschmeckers, der sich selbst einen profanen Barbaren nannte, aber allzugern ein Steinpilzextrakt nach der Art von Liebig entwickelt hätte, und der nicht zögerte, den Blätterpilz eine Götterspeise zu nennen, und rundherum empört war, daß seine Maden diese Götterspeise unbegreiflicherweise nicht wollten, und Guillaume fing auf der Stelle an, Ariane zu lieben, als die laut lachend die Arbeit zu Ende gelesen hatte.

Das ist wunderbar, sagte sie, in der Tat sind Pilze eine gute Abwechslung auf dem Speisezettel, wenn man nicht immer nur Bohnen und Kartoffeln mag. Man muß halt die guten von den bösen unterscheiden.

Ariane schaut sich Frau Choi an, wie sie nicht hübsch, aber anmutig in ihrem Hanbok von der Küche an die Tische schwebt und der Schmetterling über ihren dunklen Haaren leise zittert, das Orellanin fällt ihr wieder ein; sie möchte nicht über Orellanin nachdenken und schon ganz bestimmt nicht über das nicht vorhandene und also nicht nachweisbare Orellanin im Schöngelben Klumpfuß, der natürlich auch tiefgefroren oder getrocknet gewesen sein könnte, und zum Glück sagt Guillaume jetzt, nachdem er mit dem scharf geschmorten Hühnchen von Alphonses Geflügelfarm fertig ist: Dieses M**, finde ich, macht sich, der Ort ist richtig in Schwung gekommen, und tatsächlich ist auch Ariane aufgefallen, daß hier nicht nur auf dem Campingplatz einiges in Bewegung gekommen ist, seit sie zuletzt hier waren, wann war das, vor fünf, sechs Jahren, zum Bergsteigen und Kanufahren und für ihre Garrigue-Exkursionen mit den Kollegen von der Gesellschaft der Freunde Jean-Henri Fabres.

Der Mann am Nebentisch schaut dauernd unverwandt in Richtung Küche. Er bezahlt nach der Karamellbanane, aber er geht nicht, sondern bleibt noch sitzen.

Er hat einen seltsamen Blick, sagt Ariane.

Guillaume dreht sich unauffällig nach ihm um und sagt dann: Sieht aus, als hätte er irgendwas vor, aber schließlich haben Ariane und Guillaume bezahlt, sind gegangen, ohne darauf zu warten, ob er noch etwas vorhat oder nicht, und trinken längst ein Glas Rotwein in ihrem Wohnmobil, über dem jetzt der Vollmond steht und den Campingplatz in ein bläuliches Nachtlicht taucht.

Das Restaurant leert sich langsam. Marc Dufetel sitzt und starrt, und als das »Bapguagup« schließt, sitzt Marc Dufetel noch immer.

Kommen Sie, sagt Frau Choi wie bei seinem ersten Besuch, ich begleite Sie hinaus.

Du schläfst heute bei mir, sagt Mathilde zu ihrer Tochter, als sie in der Küche fertig sind, und zusammen fahren die beiden in die alte Schäferei, während Frau Choi im Mondlicht zu Fuß durch den stillen, zeitlosen Ort nach Hause geht, eine wundersame Erscheinung in ihrem weißen Hanbok, und schließlich ins »Café du Marché« hinein grüßt, in dem nur noch drei späte Gäste um den Billardtisch stehen.

Hat Mutter einen guten Abend gehabt, fragt Piet, als sie aufschließt.

Geh jetzt ins Bett, sagt Frau Choi, du hast morgen wieder Schule.

In der Ziegelei sind sie auch ziemlich in Bewegung, weil in M** nicht alle Tage fünfzehn Itami-Jun-Häuser gebaut werden. Durch das »Bapguagup« sind in letzter Zeit etliche externe Kunden hinzugekommen, die Mischung aus

Tradition und Moderne hat sich bis nach Paris herumgesprochen, seit Claude Markovits in den »Heften zur Architektur« von asiatischen Städten berichtet und über die Anpassung traditioneller Räume an neue Funktionen nachgedacht hat. Ob Claude Markovits selbst in M** war, um die Anpassung einer alten Seidenspinnerei an eine neue Funktion zu bewundern, ist nicht bekannt, allerdings sind in der Folge seines klugen Artikels etliche professionell oder aus Liebhaberei an Architektur Interessierte nach M** hochgefahren, und wenn Sie sich einmal unter den Leuten umsehen, die Sie kennen, dann fällt Ihnen mit einiger Gewißheit auf, daß Menschen, die sich für schöne Häuser erwärmen, für die feinen grauen Fliesen des »Bapguagup«, deren matter Schimmer sich auf den Mönch- und Nonnenziegeln auf dem Dach wiederholt, daß solche Menschen auch meistens gerne gut essen. Allerdings mußten diese Leute bislang abends wieder hinunterfahren in die Stadt, die Adresse der Ziegelei aber hatten dann einige dieser Liebhaber in der Tasche, Ziegel aus M** haben landesweit Konjunktur; und jetzt hat sich Eric Halbwachs zunächst einmal Kostenvoranschläge für Doppelmuldenfalzziegel kommen lassen, eine preiswerte, windsichere Variante, ist dann aber umgeschwenkt auf die leichteren Mönche und Nonnen, mit denen die alte Seidenspinnerei gedeckt ist, auch wenn er davon doppelt so viele braucht, unglasiert, vor dem Brennen mit Tonschlamm engobiert; dank einer kleinen finanziellen Unterstützung von seinen Eltern kann Yves sich die teureren Mönche und Nonnen mitsamt der aufwendigen Balkenkonstruktion nun leisten; kurz: Die Ziegelei braucht jeden Mann, die Öfen glühen, und ausgerechnet jetzt macht Marc Dufetel blau.

Die Sekretärin versucht jede Stunde, ihn telefonisch zu erreichen; wenn er beim Arzt gewesen wäre, müßte er spätestens am Mittag wieder zu Hause sein, aber er geht auch am Nachmittag nicht ran.

* * *

Für Frau Chois Karriere war es womöglich ganz unwesentlich, daß zum Zeitpunkt des Todes von Marc Dufetel ausgerechnet zwei forensische Koryphäen in M** Urlaub machten, vielleicht aber auch nicht.

Die Gendarmen, die schließlich die Wohnung aufgebrochen hatten, nachdem Dufetel eine ganze Weile nicht bei der Arbeit erschienen war, riefen zunächst Doktor Murat. Der sagte, was sie schon wußten: Der Mann ist tot.

Das lasen nächstentags die Tournels im »Midi Libre«, der auch das Foto des Verstorbenen abgedruckt hatte und von nicht geklärten Umständen des Todesfalls berichtete, weil Doktor Murat nicht gut hatte sagen können, Herzversagen. Sogar Doktor Murat kommen Zweifel, wenn der Mann nicht einmal fünfzig, sondern gerade mal dreißig ist. Unklare Todesursache, hatte er gegrummelt, weil er weder Dufetel noch dessen eventuelle Grundleiden kannte.

Unklare Todesursache ist eine Diagnose, die den Gendarmen nicht gefällt, weil damit eine Menge Aufwand und im schlimmsten Fall auch ein Täter verbunden ist. Sie hatten natürlich gleich an Marie-Ange gedacht, an die Belästigungen, die Anrufe und Briefe und nicht zuletzt an den Stein, der durch ein Fenster ihrer Wohnung geflogen war. Sie hatten Marie-Ange besucht, die sich seit geraumer Zeit bei ihrer Mutter aufhielt aus Furcht vor weiteren Attacken. Immerhin war in den Briefen von Abstechen und Kaltmachen die Rede gewesen, aber Marie-Ange hatte Marc nicht mehr gesehen, seit sie draußen in der alten Schäferei war. Ja, an diesem Tag hatte Dufetel das »Bapguagup« besucht.

Allerdings war ihr in den letzten Tagen aufgefallen, wenn sie zu ihrer Wohnung fuhr, um die Post zu holen, daß Marcs Auto vor dem Haus stand. Die Drohbriefe hatten vor kurzem aufgehört.

Der »Midi Libre« schrieb, daß der Tote kein angenehmer Zeitgenosse gewesen zu sein schien. Er berichtete von einer gewissen Besessenheit, von Briefen, Anrufen zu jeder Tages- und Nachtzeit, und zu jener Zeit, Sie werden sich erinnern, hatte man in Amerika schon Erfahrungen mit dieser Art von Besessenheit von Leuten, die sich an jemanden heranpirschen und ihrem Opfer auflauern, und meistens, wenn man in Amerika Erfahrungen mit etwas hat, kommt es in Mode und nach Europa herüber.

In M** hat man natürlich seit jeher, seit Urzeiten, auch

Erfahrungen mit dem Pirschen und Auflauern, sonst hätte Yolande die Wildschweinkeule kaum in der Tiefkühltruhe gehabt und für das Neujahrsessen mit Frau Choi auftauen können, aber der »Midi Libre« kannte sich mit der Mode aus und deutete an, daß der Tote ein Stalker gewesen sein könnte, es lagen Beschwerden einer jungen Frau gegen ihn vor, die in dem Restaurant angestellt sei, das nach Zeugenaussagen auch Dufetel einige Male besucht habe, aber gegen Belästigung gibt es in Frankreich nun mal kein Gesetz.

Die Eltern des Toten sind nicht leicht ausfindig zu machen, die Mutter hat die Familie früh verlassen und lebt seit langem in Kanada, der Vater war zuletzt in Perpignan gemeldet, ist aber verzogen, ohne eine Adresse zu hinterlassen, und die Gendarmen wissen nicht recht, was sie nun machen sollen. Der Staatsanwalt ist informiert, hat aber keine Eile, aus der Stadt nach M** hochzukommen.

Die Jungens da oben, hat er gesagt, als der Anruf aus M** kam, denken, wir drehen hier unten Däumchen und warten nur auf den Tag, an dem jemand da oben abgemurkst wird. Die haben keine Vorstellung davon, was hier los ist.

Das fehlte gerade noch, sagen wiederum die Gendarmen, als bei ihnen die Klingel geht und kurz darauf zwei Touristen in den Wachraum eintreten.

Guillaume Tournel möchte das nicht gehört haben, obwohl er sich denken könnte, daß zwei Gendarmen, die gerade eine unklare Todesursache auf dem Tisch und der Staatsanwaltschaft gemeldet haben, nicht gerade begeistert sind, wenn zwei Touristen ihre Stube betreten. Touristen haben eine Menge Zeit, und wenn sie auf die Wache kommen, sind sie meistens empört, weil ihnen jemand etwas geklaut hat, und nichts ist lästiger für die Gendarmen als empörte beklaute Touristen mit sehr viel Zeit. Den Gendarmen in M** hat der Papierkram gerade noch gefehlt, den die beiden Touristen jetzt vermutlich verursachen werden, aber das möchte Guillaume Tournel nicht gehört haben.

Tournel, weist er sich aus. Meine Frau. Gerichtsmedizinisches Institut Straßburg.

Sehr erfreut, sagt endlich der eine der beiden Kollegen.

Nachdem sie den »Midi Libre« gelesen hatten, hat Ariane ihrem Mann erzählt, daß sie sich eingebildet hatte, auf dem Teller des damals noch lebenden Gastes am Nachbartisch möglicherweise Schöngelben Klumpfuß gesehen zu haben.

Der »Midi Libre« erfährt bei seinem nächsten Anruf in M** von der erfreulichen Wendung, die der Fall durch die künftige Mitarbeit der beiden Spezialisten nehmen werde. Eine Praktikantin wird in die Archive geschickt und kommt mit dem Fall der kleinen Annie wieder, deren Vater auf spektakuläre Weise durch Guillaume Tournel als Mörder der eigenen Tochter entlarvt werden konnte, weil er zum Todeszeitpunkt kein Alibi hatte, und der »Midi Libre« wird seine Leser über die Ermittlungen des prominenten Insektenkundlers auf dem laufenden halten, sobald die Staatsanwaltschaft erste Ergebnisse bekanntgibt.

Tournel macht sich unverzüglich an die Arbeit und stößt in der Wohnung des Toten auf eine Leiche, deren Körpertemperatur bereits gesunken ist. Die Totenflecken lassen sich nicht mehr wegdrücken, die Totenstarre ist gewichen, Marc Dufetel ist seit mindestens drei Tagen tot.

Frischtot, sagt Tournel, erste Besiedlungswelle, und braucht dafür nicht einmal die Schmeißfliegeneier in der Lidfalte des Toten, denn immerhin hat er den Mann vor kaum einer Woche lebendig gesehen. Die Schmeißfliegeneier sichert er aber dennoch, genauso wie die Kaisergoldfliegeneier, die er in der Nasenhöhle findet, und einige noch unverfärbte Puparien in den Kleidungsstücken, die unordentlich auf dem Boden herumliegen. Stich-, Schuß- oder sonstige Wunden sind auszuschließen. Er mißt die Raumfeuchtigkeit, analysiert die Lichtverhältnisse und telefoniert mit der Wetterstation in Vendargues, die aber für M** nicht zuständig ist und ihm rät, sich an die Wetterstation des Mont Aigoual zu wenden.

Wo immer das sein mag, sagt Tournel, während er sich die Telefonnummer aufschreibt.

Von der Wetterstation in Wo-immer-das-sein-mag läßt er sich die genauen Werte der letzten Tage geben, es ist warm gewesen.

Die Praxis von Doktor Murat wird in ein Labor für die

Leichenfauna des Marc Dufetel umgewandelt, bis die Calliphoridae und Luciliae geschlüpft sind und die minimale Leichenliegezeit ermittelt werden kann. Guillaume Tournel kann bekanntgeben, daß der Tote keine Drogen oder Medikamente genommen hat und daß er zum Zeitpunkt seines Todes allein in seiner Wohnung war.

Ariane indessen führt in derselben Praxis einen Orellanin-Test nach Pöder und Moser durch, von dem sie vorher schon ahnt, daß sie nichts findet, denn wenn es ein Schöngelber Klumpfuß war, läßt sich das Gift durch kein Eisenchlorid dieser Welt nachweisen, weil es zwar ein orellaninähnliches Gift ist, aber nicht Orellanin. Wenn es aber ein Dottergelber Klumpfuß war, könnte nur noch eine Nierenbiopsie Aufschluß bringen.

Unter den skeptischen Augen des alten Murat tropft sie die Flüssigkeit auf ein Filterpapier und sagt: Es müßte sich lila verfärben.

Tut es aber nicht, sagt Murat mit Genugtuung.

Er hat das wissenschaftliche Getue in seinen Praxisräumen satt. Hier in M** gibt es im Winter hustende Kinder, ein paar Fälle von hartnäckiger Erkältung oder Grippe, ein bißchen Rheuma und Rückenschmerzen, Bluthochdruck und nach Weihnachten Magenverstimmungen, weil sich die Leute überfressen und zuviel getrunken haben, hier und da wird versehentlich ein Jäger von den eigenen Kollegen angeschossen, gelegentlich ein verstauchtes Bein, dafür braucht er keine Flüssigkeit auf Filterpapier zu tropfen, und so soll es in M** auch bleiben. Gynäkologische Fälle gehen gleich in die Stadt. Im Zweifel also Herzversagen oder -infarkt, zur Not ein Schlaganfall, weil im letzten Ärzteblatt stand, daß die Leute immer jünger werden, die einen Schlaganfall bekommen.

Der Staatsanwalt ist erleichtert, als Guillaume Tournel ihm mitteilt, daß der Leichenliegeort auch der Ort des Todes gewesen ist und er keine Fremdeinwirkung an der Leiche feststellen konnte.

Um so ärgerlicher ist er über den Anruf von Ariane.

Biopsie, sagt er, das heißt doch nichts anderes als Obduktion. Kein Mensch ordnet heute noch Obduktionen an. Was denken Sie, was das kosten würde, wenn wir jeden, der stirbt, obduzieren.

Ariane überlegt kurz, ob sie sich lächerlich machen und den Schöngelben Klumpfuß im »Bapguagup« erwähnen soll. Das Kalbi-Chim, in dem sie den Schöngelben Klumpfuß gesehen haben will, ist im »Bapguagup« ein Renner, auch wenn sie selbst Schokoladensoße nicht mag, und der Staatsanwalt wird nur den Kopf schütteln, wenn sie sagt, daß der Tote Kalbi-Chim zu sich genommen hat und vermutlich drei Tage danach erkrankt ist; sie nimmt an, daß die Schockzustände so erheblich gewesen sein müssen, daß er nicht einmal mehr einen Arzt aufsuchen konnte, solche Fälle sind bekannt, aber sie kann sich denken, daß der Staatsanwalt sie fragen wird, ob sie glaube, daß Marc Dufetel der einzige gewesen sei, der im »Bapguagup«

Kalbi-Chim verzehrt habe; er wird nach anderen Kalbi-Chim-Toten fragen, die es doch zwingend geben müßte, zumindest Kalbi-Chim-Erkrankte müßten zu Murat in die Sprechstunde gekommen sein. Ariane kann keine Kalbi-Chim-Patienten vorweisen, und wenn sie richtiges Pech hat, ist der Staatsanwalt selbst schon einmal nach M** gefahren und weiß von diesem Kalbi-Chim, daß es überwältigend ist und seine Gesundheit nicht im geringsten beeinträchtigt hat, also erwähnt sie den Schöngelben Klumpfuß am Nebentisch lieber nicht, sondern sagt vage etwas von Nierenversagen, das man durch eine Obduktion genauer bestimmen könnte.

Der Staatsanwalt sagt: Nierenversagen, Herzversagen – haben Sie eine Ahnung, wen das interessiert?

Mich würde es interessieren, sagt Ariane.

Sind Sie totensorgeberechtigt? sagt der Staatsanwalt, und Ariane sagt, daß es sie als Wissenschaftlerin interessieren würde, aber daß sie natürlich nicht totensorgeberechtigt ist.

Nun, sagt der Staatsanwalt, ich habe mit der Totensorgeberechtigten telefoniert.

Und? sagt Ariane und weiß schon, was der Staatsanwalt gleich sagen wird.

Ach, Herr Staatsanwalt, äfft er den weihevollen Ton aller Totensorgeberechtigten nach, ist das denn alles so wichtig, Hauptsache, mein Sohn bleibt ganz und wird nicht noch nachträglich aufgeschnitten.

Ariane gibt auf.

Der Staatsanwalt bleibt in der Stadt. Den Leichnam gibt er per Fax frei, was nicht ganz korrekt ist und im Zweifel leicht anfechtbar wäre, aber er weiß ja, daß die einzige Totensorgeberechtigte weit weg in Kanada ist und keinen Einspruch einlegen wird.

Marc Dufetel kann dem Beerdigungsinstitut von M** überstellt und beigesetzt werden, und das Beerdigungsinstitut kann anschließend sehen, wer die Kosten erstattet. Am Ende bleibt es darauf sitzen.

In diesem Sommer erhält Yolande Post von ihrem Verlag, allerdings nicht von »Natur und Umwelt«, der ihren Schmetterlingsband mit dem spektakulären Feuerfalter herausgebracht hat, sondern von dem kleinen Regionalverlag, in dem sie vor Jahren ihre Legendensammlung veröffentlicht hatte. Die »Schattenseelen und Wesen der Nacht« sind längst nur noch antiquarisch erhältlich, obwohl gerade bei jungen Leuten erstaunlich gut bekannt, weil die Studenten von Montpellier und Toulouse sich recht häufig damit befassen, seit sie alle wild auf Ethnologie sind.

Yolande jedenfalls hatte vor Jahren die Restauflage aufgekauft und das Büchlein im Frühstücksgebäude des Campingplatzes auf dem Tresen ausgelegt. Gelegentlich hat ein Gast darin geblättert und sich gewundert, wie dunkel eine Gegend sein kann, in der er soeben bei sengender Hitze seine Sommerferien verbringt. Drei oder vier Exemplare hat sie verkauft, aber von Juni an sind die Camping-Gäste mit einem Mal ausgesprochen neugierig auf die Geschichten, die sich in M** und um M** herum zugetragen haben sollen. Innerhalb kürzester Zeit schmilzt Yolandes Restauflage vom Tresen des Frühstücksgebäudes weg. Übrigens haben auch Ariane und Guillaume ein Exemplar gekauft, bevor sie wieder an die Louis-Pasteur-Universität zurückgefahren sind, wo die Kollegen sie nach den Ferien nicht ganz ohne Grund als Freizeitdetektive verspotten; genauso nämlich fühlen sie sich und fragen sich gelegentlich kopfschüttelnd, welcher Teufel sie da oben in M**, der Gegend des Autodidakten Jean-Henri Fabre aus dem letzten Jahrhundert, geritten hat, in der Praxis eines beschränkten Dorfmediziners herumzuhantieren, als ob es sie etwas anginge, woran dort einer stirbt. Und als Guillaume den Schöngelben Klumpfuß im »Bapguagup« erwähnt, den sich Ariane eingebildet hat, lachen die Kollegen Tränen und hören auch nicht auf zu lachen, als Leonie Adam sagt: Und überhaupt, ein koreanisches Restaurant in einem Nest im Südwesten.

In Straßburg, müssen Sie wissen, gibt es gerade mal das »Douri«, und Straßburg ist immerhin eine große Stadt.

Besonders laut und besonders unangenehm lacht Paul Ledru, jedenfalls fällt Ariane sein Lachen besonders unangenehm auf. Sie hätte sich gewünscht, Ledru hätte die Stelle bei der Linné-Gesellschaft bekommen, um die er sich nach seinem dortigen Stipendienaufenthalt beworben hat, aber bei der Linné-Gesellschaft bekommt man keine Stelle, wenn man im wissenschaftlichen Übereifer immer nur auf die Karte der allermodernsten Technologie und also ausschließlich auf DNA setzt, und Ledru hält die Molekulargenetik für den Königsweg der Forensik. Nachdem sich in der Kirschlegerstraße 4 die allgemeine Heiterkeit wegen des Schöngelben Klumpfußes etwas gelegt hat, fragt er, ob Ariane und Guillaume denn nicht an die mitochondriale DNA gedacht hätten, und während er sich anhört, daß bodengelagerte Zähne oder Haarschäfte oder sonstige Kontaminationsspuren in ihren Amateuruntersuchungen natürlich keine Rolle gespielt hatten, denkt er an den Etat, den Ariane für ihre Mäusestudie beantragt hat. Es ist ein ganz schöner Batzen Geld für so einen alten Hut wie die Mykologie, findet Paul Ledru, der seinerseits diesen Batzen gern für die freiwilligen DNA-Massentests und den Aufbau einer Sequenzdatenbank hätte; die Linné-Gesellschaft in London hat seine Bewerbung zurückgesandt, weil sie ethische Bedenken gegen die Sequenzdatenbank hat, sie verweist auf die rechtliche Grauzone, auf Datenschutzprobleme und kommerziellen Mißbrauch, und Paul Ledru hat gar keine andere Möglichkeit; um hier in Straßburg seine Sequenzdatenbank aufbauen zu können, muß er die Mäusestudie der werten Kollegin ein klein wenig torpedieren. Er findet, es sei ein herrliches Bild, wie sie dasteht und die Eisenchloridlösung nach Pöder und Moser auf Küchenpapier träufelt, darauf wartet, daß sich das Filterpapier verfärbt, und dann: nichts. Genau wie früher im Chemieunterricht. Zum Kaputtlachen, dieses Bild, finden Sie nicht, Herr Kollege, unsere gute Madame Tournel?

Was die Leute plötzlich haben, hat Yolande zu Bastien gesagt, der inzwischen vor der Schule den Frühaufstehern unter den Gästen Kaffee ausschenkt und abends nach der Schule noch Snacks serviert, vielleicht, wie er sagt, um sein Taschengeld aufzubessern, vielleicht aber auch, weil ihn der Bau der Itami-Jun-Häuser fasziniert. Bastien hatte seiner Mutter schon Mitte des Monats, lange vor der Juni-Endabrechnung etwas mehr als 2000 Francs gegeben; er haßt es, Geld in der Kasse im Frühstücksraum aufzubewahren, er haßt es überhaupt, Geld an sich zu haben, ein Tick, den er schon als Kind ausgeprägt hat, und 2000 Francs sind für ihn geradezu körperlich unerträglich, wenn er sie in der Kasse weiß, also ist er Mitte des Monats damit zu Yolande gegangen, die aus allen Wolken gefallen ist, als sie begriff, daß ihre Restauflage ein echtes Geschäft geworden ist.

Kannst du dir das erklären, hat sie gesagt, und Bastien hat sich an das Zimmer hinter der Küche des »Bapguagup« erinnert, er hat das schmale Längsfenster nach Süden und den Ausschnitt eines kahlen Maulbeerbaums vor dem Fenster gesehen und das schmale Querfenster nach Westen, durch das ein flammend roter, später lilagoldener Sonnenuntergang in den fast leeren Raum fiel, und danach wurde es blau, erst hellblau und später weich und dunkelblau, blau wie Samt; Bastien kennt natürlich die Sonnenuntergänge in M**, er weiß, daß sie im Winter geradezu dramatisch sind, aber so einen Sonnenuntergang durch das schmale Querfenster in dem fast leeren Raum zu sehen, den nur seine und die Anwesenheit von Frau Choi füllen, ist anders. Bastien hat mit niemandem darüber gesprochen, aber bekanntlich ist das Schlangenpulver in M** ein Thema, offenbar hat Yolande das Schlangenpulver schon wieder vergessen, bloß weil sie nicht daran glaubt; Bastien kann sich jedenfalls ganz gut erklären, warum die Restauflage der »Schattenseelen und Wesen der Nacht« am Tresen des Frühstücksraums weggeschmolzen ist, er nickt sacht auf ihre Frage, aber sie schaut gerade nicht hin, sondern auf die unerklärlichen 2000 Francs in ihren Händen, und kurz darauf erhält sie also Post vom Verlag.

Madame, fängt der Brief von Max Bouvier an, bei dem sie ihre Legendensammlung seinerzeit publiziert hatte, wir freuen uns, Ihnen mitteilen zu können, daß die Nachfrage nach Ihrem Werk »Schattenseelen und Wesen der Nacht« in letzter Zeit stark angestiegen ist.

Unterschrieben ist der Brief mit »Herzlich, Ihr Max«.

Komisch, sagt Yolande. Er hieß doch früher Monsieur Bouvier.

Plötzlich heißt er Max und fragt, ob sie einer Neuauflage der Sammlung zustimmen würde, in welchem Fall er sie um eine Aktualisierung bitten möchte.

Als ob man Legenden aktualisieren könnte, sagt sie kopfschüttelnd, nachdem sie den Brief gelesen hat. Außerdem sind die Leute inzwischen längst tot. Das waren schon damals steinalte Leute. Die kamen aus einem anderen Jahrhundert.

Sie kann sich gut erinnern, wie seltsam ihr zumute war, wenn die Leute erzählten, den Blick schon nicht mehr auf die Welt gerichtet, sondern nach innen. Angst hatten sie gekannt, Angst, Armut, Einsamkeit, Isolation und als Kinder noch keinen Strom, und sie mußten ums Wasser kämpfen; von den Jüngeren, die jetzt in M** leben, weiß das keiner mehr, vielleicht allenfalls noch Mathilde, die inzwischen allerdings einen Wasseranschluß hat, weil Corinne Goubert sich persönlich darum gekümmert hat, nachdem sie Bürgermeisterin geworden war. Um Mathildes Ziegen kümmert sich inzwischen hauptberuflich Matthieu, weil Mathilde ihm das gleiche zahlt wie die »Drei Pinien«, allerdings zahlt sie das ganze Jahr und nicht nur während der kurzen Saison, sie hat ihm gezeigt, wie der Käse gemacht wird, und ihn kurzerhand am Verkauf beteiligt. Seitdem steht er jeden Dienstag früh auf dem Wochenmarkt, und die Leute in M** freuen sich, weil sie nicht mehr zur alten Schäferei hinausmüssen, um Mathildes Käse zu kaufen, die Gäste auf Yves' Campingplatz wiederum, die natürlich nichts von Mathildes Käse wissen konnten, bevor Matthieu auf dem Wochenmarkt stand, sind davon so begeistert, daß Mathilde und Matthieu darüber nachdenken, die Herde zu vergrößern.

Eine Aktualisierung ist völliger Unsinn, sagt Yolande und schiebt den Gedanken weg, daß in M** schon immer Leute von jenseits der Grenze kamen und dann weit über die Grenzen hinaus bekannt wurden, obwohl sie natürlich einiges dazu sagen könnte, aber sie denkt nicht daran, sondern schreibt an Max Bouvier, daß sie nichts gegen eine Neuauflage habe, eine Überarbeitung allerdings sei unmöglich, weil die Überlieferer der Legenden längst gestorben seien und ihres Wissens ihre kleine Sammlung eine der letzten Quellen sei, aus denen man am Ende des 20. Jahrhunderts überhaupt noch etwas von den Geschichten der Mütter und deren Mütter erfahren könne, es täte ihr leid.

Es ist im nachhinein nicht recht zu sagen, ob es die Neuauflage der »Schattenseelen und Wesen der Nacht« war, die den regelrechten Boom auf M** auslöste, oder das Kimchi-Projekt von Frau Choi. Wahrscheinlich beides.

An dem Tag, an dem die Sommerferien anfangen, fährt jedenfalls Piet de Bakker mit dem Rad zum Campingplatz hinaus.

Mutter läßt fragen, ob sie bei euch einen Aushang machen kann, fragt er Bastien, und der zeigt auf die Korkwand am Eingang des Frühstücksgebäudes, an die bereits eine ganze Menge Aushänge gepinnt sind – die geführten Schmetterlingstouren, Hervés Kanuverleih, Reitausflüge, eine neuerdings sehr nachgefragte Dolmen-Besichtigung, das gesamte Urlaubsprogramm von M**, ein paar Babysitter-Angebote und etliche Häuser, die zum Verkauf stehen, und Piet heftet jetzt noch einen Aushang dazu.

Wow, sagt Bastien, als er den Aushang sieht, äußerst profimäßig. Piet sagt: Publisher. Ein Geburtstagsgeschenk von Mutter. Ich habe die halbe Nacht daran gesessen.

Eindrucksvoll, sagt Bastien; die beiden sprechen noch eine Weile über Photoshop und Publisher, und später spricht Bastien mit seinem Vater über Photoshop und Publisher, weil es einfach profimäßiger aussieht, den Aushang mit einem Bildbearbeitungsprogramm zu machen, und seit diesem Tag hängt Piets Entwurf also an der Pinnwand. Yves schaut ihn sich an, sein Name steht schon auf der Liste der Leute, die einen Internetanschluß beantragt haben, Madame Goubert wartet nur darauf, daß sie hundert Unterschriften zusammenhat, aber es wird noch eine Weile dauern. Einstweilen leiht Piet Bastien zu Beginn der Sommerferien sein Bildbearbeitungsprogramm und bringt ihm bei, damit zu arbeiten. Die Speisekarte im »Bapguagup«, darauf ist er stolz, hat er auch entworfen, und der Wirt der »Drei Pinien« hat ihn gefragt, ob er nicht auch für ihn eine machen kann. In den »Drei Pinien« steht noch eine altmodische Kreidetafel, auf die jeden Tag das Menü geschrieben wird, es wird Zeit, daß die »Drei Pinien« langsam auch eine richtige Karte bekommen.

Würde Mutter erlauben, daß ich für die »Drei Pinien« eine Speisekarte entwerfe, hat Piet seine Mutter gefragt, und Frau Choi hat gesagt: Warum nicht.

Nachdem er für die »Drei Pinien« die Karte gemacht hat, kommen weitere Interessenten auf Piet zu, das Publisher-Programm hat sich gelohnt, und neben dem Aushang von Frau Choi ist bald der gemeinsame Entwurf der beiden jugendlichen Designer für die Schmetterlingstouren zu sehen, neben dem die auf blaßgrünem und rosa Schreibmaschinenpapier getippten Kanu- und Pony-Aushänge so ärmlich wirken, daß die beiden Taschengeld-Unternehmer um weitere Kunden nicht bange sein müssen, neben der Neuauflage der Legenden aus M** und Umgebung liegt bald ein Stapel Faltprospekte, auf denen die schöne alte Mühle und das prämierte dunkle Nußöl von Yves zu sehen sind, daneben ein zweiter Stapel des befreundeten Winzers, der für seinen Merlot bei der letzten regionalen Weinprämierung immerhin eine Bronzemedaille für das Preis-Leistungs-Verhältnis erhalten hat, und schon in der nächsten Saison werden die Fauchats einen Prospekthalter anschaffen, um all die Faltprospekte unterbringen zu können, die ihr Sohn in Zusammenarbeit mit Piet de Bakker gestaltet hat.

Zunächst allerdings heftet Piets Aushang noch per Reißzwecke an der Korkwand, und was Frau Choi, Mathilde und Marie-Ange sich da eines Tages in dem Raum hinter der Küche ausgedacht haben, scheint den Gästen auf Yves' Campingplatz so seltsam wie Yolandes Werwölfe und Weiße Frauen.

»Kimchi – Gesundheit und Glück« lautet die Überschrift, und in M** weiß längst jeder, daß diese milchsauer vergorenen Gerichte, die Frau Choi in endlosen Variationen im »Bapguagup« serviert, tatsächlich eine wohltuende Wirkung auf den Organismus und das Allgemeinbefinden haben; in M** hat sich das allgemeine Wohlbefinden sichtbar gebessert, seit Frau Choi ihre Kimchi zubereitet, und inzwischen weiß sogar die Weltgesundheitsorganisation, daß Kimchi Gesundheit bedeuten, und hat sie in die Liste der Heilmittel aufgenommen, aber den Gästen auf dem Campingplatz ist Kimchi natürlich kein Begriff, weil sie finden, daß die verkochten grünen Bohnen zu ihrem Lammkotelett in der »Blauen Orange« französischer sind, und dennoch, dank Piets Publisher-Programm bekommen sie augenblicklich Lust auf Kimchi, weil die Gerichte unter der Überschrift zwar recht fremd, aber doch sehr appetitlich sind, er hat genauestens darauf geachtet, daß die fünf Farben gut herauskommen, das Grün, Rot, Weiß, Schwarz und Gelb, sie weisen richtig nach Osten, Süden, Westen, Norden und in die schwarze Mitte. Er hat bei der Gestaltung noch überlegt, wie er die Elemente aufs Bild bekommen könnte, aber auf Wasser, Feuer, Erde, Metall und Holz hat er dann verzichtet, weil es sonst zu unübersichtlich geworden wäre, allerdings hat er am unteren Rand auf dem kleinen Plakat die Vitamine, das Kalzium und Phosphat und vor allem die Aminosäuren aufgelistet und die Termine angegeben, zu denen Frau Choi den Kimchi-Kurs anbietet. Wegen der Größe ihrer Küche kann sie nur kleine Gruppen von drei bis fünf Personen empfangen.

Vielleicht haben Sie, wenn Sie in diesem Jahr in M** Ihre Ferien verbracht haben, den Aushang gesehen und wahrscheinlich auch übersehen, denn natürlich haben weder Sie noch Ihre Frau die Absicht gehabt, im Südwesten von Frankreich einen Kurs für etwas zu belegen, das Sie, wenn überhaupt, nur als asiatisches Sauerkraut kannten,

aber Piet hat den Aushang nicht nur auf Yves' Campingplatz angebracht, auf dem gerade noch die letzten Arbeiten fertig geworden sind, bevor die Ferien begannen, im
ersten Jahr sieht alles noch etwas nach Baustelle aus, aber
ab Herbst werden sich Piet und Bastien ihr Taschengeld
mit Landschaftsgestaltung und den verschiedenen Neu-
anpflanzungen verdienen, die Yolande und Yves mit Frau
Choi besprochen haben, und im Frühling darauf ist nichts
mehr davon zu sehen, daß hier nicht schon immer lauter
Itami-Jun-Häuschen gestanden haben und haargenau in
die Landschaft von M** passen. Urlauber also gehören
nicht zu Frau Chois ersten Workshop-Besuchern, sondern
zunächst einmal die Leute aus M**, die die Ankündigung
gesehen haben, wenn sie auf dem Wochenmarkt bei Matthieu ihren Ziegenkäse kaufen, sie lag eine ganze Zeit lang
links neben den Körben mit dem Käse, vielleicht auch haben sie sie gesehen, wenn sie zur »Mairie« gingen oder ins
»Café du Marché«. Sogar Doktor Murat hat, als Piet mit
dem Aushang kam, seine Brille aufgesetzt und nach einem
Blick auf die Milch- und Essigsäuren etwas von Choleste-
rinsenkung gemurmelt, das Eisen und die Proteine sind
ihm als Arzt auch recht, und so hat er nichts dagegen gehabt, daß Piet in seinem Warteraum einen Aushang anhef-
tet; seit der unklaren Todesursache dieses Marc Dufetel ist
Doktor Murat etwas nachdenklich geworden. Es ist wohl
wahr, hat er sich gesagt, daß ein bißchen ärztliche Weiter-
bildung von Zeit zu Zeit kein Fehler gewesen wäre; nicht
daß er an Guillaumes Maden und Fliegen oder an das

Schlangenpulver glauben würde, aber ein Herztod war das mit Sicherheit nicht, was er da vor sich gehabt hat im Frühling, und die Vitamine jedenfalls können keinem schaden.

Alphonse wiederum hat seiner Frau gesagt: Wenn der alte Murat in seinem Wartezimmer die Werbung von der Chinesin erlaubt, dann glaubt der auch dran. So sind Katrine und Odile die ersten, die ihre Anmeldung abgeben und dann eines Nachmittags mit den sonderbaren Dingen zu tun bekommen, die Frau Choi anbaut, weil sie aus Gwangju ist und wie alle Leute, die aus Gwangju kommen, alles braucht, was es in Gwangju gibt.

Gurken gehören dazu und sind nicht sehr überraschend, aber Katrine erzählt, als sie nach der ersten Kimchi-Stunde zurückkommt, nicht nur von Kohl und wildem Lauch und Spinat und Ingwer, sondern auch von Gänseblümchen, Sesamblättern, und Frau Choi, die seit Jahren die Hühner für das »Bapguagup« auf der neuen Geflügelfarm einkauft, hat an Alphonse, sein Rheuma und folglich an Klettenwurzeln gedacht und ein Klettenwurzel-Kimchi angeboten.

Klettenwurzel-Kimchi, sagt Alphonse und kratzt sich am Kopf, und wenn Sie Alphonse kennen würden, würden Sie sich sehr wundern, daß er das Wort überhaupt über die Lippen bringt, Alphonse spricht wie alle Leute im französischen Südwesten mit schwerer Zunge den schweren Dialekt, der noch aus einer anderen Zeit kommt, und am Abend telefoniert er mit seiner Schwester, deren Baumschule in der Nähe von Avignon sich im

Laufe der Verhandlungen wegen der Schnellbahntrasse inzwischen in ein großes Gartencenter verwandelt hat, sogar eine Gartenteichabteilung und eine Tierhandlung sind hinzugekommen. Alphonse erzählt ihr, daß die Chinesin seiner Frau Klettenwurzel-Kimchi gegen sein Rheuma empfohlen und ihr beim Einsalzen geholfen habe, und tatsächlich hat seine Schwester vor kurzem in »Mein Garten und ich« etwas über die wohltuende Wirkung von Pflanzen, dabei auch von Klettenwurzeln gelesen, auch wenn sie sich mehr dafür interessiert hat, daß Klettenwurzeln gegen Schuppen helfen; ihr Mann hat Schuppen, und da ist es nur natürlich, daß sie das interessiert hat, aber jetzt fällt es ihr wieder ein: Rheuma, Magen, Haarausfall, Schuppen, sagt sie, und Alphonse sagt, was in M** die meisten denken: Der Murat taugt einfach nichts, und außerdem wird er alt.

Murat hat ihm dieses Novatrex verschrieben, von dem es ihm immer übel wird, und den Durchfall hat er wahrscheinlich auch von dem Zeug, wenn er ihn sich nicht bei den Hühnern eingefangen hat, und überhaupt, ganz abgesehen von Durchfall und Übelkeit, hilft Novatrex bei ihm nicht. Bevor die Nachrichten anfangen, schimpfen Alphonse und Gisèle noch eine Weile auf Ärzte ganz allgemein, und dann ist Alphonse gespannt auf das Uong-Kimchi, das natürlich noch ein paar Tage braucht, bis es vergoren und wirksam ist.

Ist nicht wahr, sagt Gisèle, als sie kaum zwei Wochen später mit Katrine spricht und erfährt, daß Alphonse zum ersten Mal seit Jahren auf das Sommerfest will, das am Wochenende stattfindet.

Wo er die ganzen Jahre immer brummig wurde, sagt Katrine, sobald das Fest näher kam. Tatsächlich ist er immer auffallend übelgelaunt gewesen, weil das Fest ihn an die Musetten erinnert, die Katrine und er früher hingelegt haben, als sie jung waren und Alphonse noch kein Rheuma hatte. Am Abend, wenn die Musik von der Esplanade zum Fenster hereinkam, mußte der Fernseher lauter gestellt werden, und nach dem Feuerwerk ist Alphonse mit Stöpseln in den Ohren ins Bett gegangen und hat bis zum Einschlafen auf den Krach geschimpft, den die hundsmiserable Kapelle dieses Jahr wieder macht.

Oh là là, sagt Gisèle, als sie von der wundersamen Heilung und der Absicht ihres Bruders hört, am kommenden Samstag bis um vier Uhr früh durchzutanzen und die verpaßten Tanzjahre, so gut es geht, nachzuholen. Als sie fragt, was das eigentlich für ein Zeug ist, so ein Klettenwurzel-Kimchi, erzählt Katrine ihr etwas genauer von dem Kimchi-Kurs, auf den sie inzwischen schwört, obwohl ihr am Anfang etwas komisch zumute war, als Piet sie im Vorraum des »Bapguagup« mit den Worten empfing: Mutter erwartet Sie schon.

Odile war schon bei Mathilde in der Küche, aber bevor sie selbst, Katrine, in die Küche gehen konnte, brachte Piet sie in den Raum mit dem Längsfenster nach Süden und dem Querfenster nach Westen. Der Raum war kühl und leer. Frau Choi machte ihr ein Zeichen, sich zu ihr auf den Boden zu setzen, und nach einer Weile füllte sich der Raum.

Was? sagt Gisèle etwas entgeistert, weil sie am Ende der Telefonleitung sehr gut vor den Augen hat, wie ihre Schwägerin Hühner schlachtet und Enten ausnimmt, aber wie sie auf dem Boden sitzt und sich ein Raum füllt, das sieht sie nicht, das geht beim besten Willen zu weit.

Irgendwie, sagt Katrine.

Und dann? sagt Gisèle.

Und dann sind wir in die Küche gegangen, sagt Katrine, und wenn Gisèle sie recht versteht, hat die Chefin der alten Mathilde dann irgendwelche Anweisungen gegeben und gesagt, was in Katrines Kimchi hineinsoll, und die beiden haben angefangen.

* * *

Womöglich ist Ihnen das Kimchi-Festival in Gwangju kein Begriff, und daher wundert es Sie nicht einmal, daß Frau Choi in M** ausgerechnet zu dem Zeitpunkt mit ihren Kimchi-Kursen begann, als in Gwangju das erste Kimchi-Festival gefeiert worden war, das zunächst überwiegend von den Einheimischen beachtet wurde, das aber seit der Fußballweltmeisterschaft 2002 Menschen aus aller Welt anzieht und aus dem zunächst nur national bekannten Kimchi einen regelrechten Exportschlager gemacht hat. Bekanntlich war das neu errichtete teure Stadion von Gwangju der Austragungsort zweier Vorrundenspiele, in denen China gegen Costa Rica unterlag und Spanien zunächst die slowenische Mannschaft besiegte, später im Viertelfinale jedoch gegen Südkorea vor weit über vierzigtausend Zuschauern verlor, und in M** ist dieser Sommer jedem noch im Gedächtnis, weil die Bewohner von M**, nicht anders als die trotz des Ereignisses angereisten Sommergäste, die im »Café du Marché«, im Frühstücksraum des Campingplatzes oder in ihren Wohnmobilen Großes von der französischen Mannschaft erwartet hatten, immerhin war Frankreich Weltmeister, nach dem torlosen Ausscheiden Frankreichs in der Vorrunde in Niedergeschlagenheit versanken, wobei die Niedergeschlagenheit im Grunde schon vor dem Ausscheiden Frankreichs in dem Augenblick begonnen hatte, als bekanntgeworden war, daß das Idol der französischen Nation, von allen liebevoll »Zizou« genannt, wegen einer Verletzung in dieser Vorrunde gar nicht spielen durfte. Die Zuschauer in M** also fanden sich in der unschönen Lage, nach den beiden 0:1 gegen Senegal und Dänemark niemanden mehr auf dem Bildschirm erwarten zu können, den sie mit ihrem traditionellen Siegesruf anfeuern konnten.

Global denken, lokal handeln, hieß der Slogan, den die Veranstalter dieser Weltmeisterschaft als Motto für die Spiele gewählt hatten, und gewissermaßen genau diesem Motto entsprechend verhielt sich M**, nachdem die lokalen Helden aus der Spielhandlung entfernt waren. In M** fing man an, global zu denken und während des ganzen Sommers den Spielern aus Südkorea das »on va gagner« zuzurufen, das die eigene Mannschaft schon nicht mehr hören konnte, weil sie längst auf dem Weg nach Hause war.

Dies war der Augenblick, in dem Frau Choi an den Bau des Gästehauses dachte, das heute in keinem Reiseführer mehr fehlt.

Das »Bapguagup« erfreute sich inzwischen eines überregionalen Rufes, nicht zuletzt weil Ende der neunziger Jahre eine Menge junge Leute nach M** kamen, um mit Yolande Fauchat über die Legenden zu sprechen, über die Werwölfe und Weißen Frauen in M**, und dem einen oder anderen Ethnologie-, aber auch Medizin- oder Heilkundestudenten war darüber hinaus bekannt, daß im »Bapguagup« wundersame Kimchi-Kurse von einer weisen Frau abgehalten wurden; die Vorlesungen von Professor Pavloff an der medizinischen Fakultät von Montpellier, »Einführung in die Nahrungsaufnahme I und II«, mußten in einen größeren Hörsaal verlegt werden, denn zum einen war Professor Pavloff ohnedies als einer der Veteranen von Larzac bei den Studenten sehr beliebt, er war aktiver Gegner von Fastfood-Ketten und mit dem ganzen Herzen auf der Seite derer, die in Millau eine im Bau befindliche Filiale platt gemacht hatten und jetzt inhaftiert waren; zum anderen gehörte Professor Pavloff zu der Gruppe jener Aktivisten, mit deren Hilfe die kleine Stadt M** im inzwischen sagenumwobenen Sommer 1991 mit Rap und Reggae und Rastazöpfen den heldenhaften Kampf gegen die Drohnen gewonnen hatte und die mit ihren eigenen Händen die alte Schäferei wiederaufgebaut hatten. Die meisten Studenten, nicht nur die von Professor Pavloff, kombinierten das Studium der alten Geschichten mit dem Besuch des »Bapguagup« und einem einwöchigen Kimchi-Kurs, und aus manch einem dieser Besuche ging eine Abschlußarbeit hervor.

Im Laufe der Jahre war der Raum hinter der Küche des »Bapguagup«, der mit dem schmalen Längsfenster nach Süden und dem schmalen Querfenster nach Westen, selbst so etwas wie eine Legende geworden. Sie können sich natürlich vorstellen, daß Leute wie Gisèle entgeistert sind, wenn ihnen ihre Schwägerin etwas von leeren Räumen und Anwesenheiten erzählt, immerhin eine gestandene Bauersfrau, also mit beiden Beinen auf dem Boden ihrer Geflügelfarm stehend, und die entgeisterte Gisèle hat seinerzeit keineswegs gezögert, ihre Entgeisterung und die Geschichte vom leeren Raum mitsamt der Anwesenheit in der Gegend von Avignon und Orange herumzuerzählen, und natürlich war Gisèle nicht die einzige, der dieser Raum telefonisch zu Ohren kam und die diese Neuigkeit herumerzählte; die Kimchi-Kurse in Verbindung mit Yolandes Legenden wurden erst regional, dann überregional ein ziemlicher Renner, und gegen Ende des Jahrhunderts, als die sogenannte Millenniums-Stimmung sich verbreitete und die Welt sich nicht entscheiden konnte, ob sie vorwärts oder rückwärts schauen und gehen sollte, hatten Yves und Yolande noch sechs weitere kleine Itami-Jun-Häuser errichten müssen. Sie hätten gern noch mehr von den Häuschen gebaut, nach denen es eine enorme Nachfrage gab, insbesondere seit es Madame Goubert schließlich gelungen war, die Gemeinde M** mit Internet zu versorgen, aber irgendwann kamen Yves und Yolande an ihre und die Grenzen ihres Geländes und ihrer personellen Kapazitäten, obwohl Yves' Mutter so kräftig mit anpackte, wie es ihr hohes Alter und die Pflege ihres kranken Mannes erlaubten.

Im Jahr 2002 also dachte Frau Choi äußerst global darüber nach, daß sie demnächst lokal würde handeln wollen, nachdem das siebte Kimchi-Festival in Gwangju seinerseits eine Internationalisierung dieses schmackhaften Produkts einfach deshalb zwingend erleben würde, weil im Sommer die Weltmeisterschaft stattgefunden hatte. Frau Choi dachte besonders an die neuen Kimchi-Liebhaber der Weltmeister- sowie der Vizeweltmeisternationen, die infolge ihrer grandiosen Siege besonders geneigt sein würden, die Geheimnisse der Nation zu erfahren, auf deren Boden diese Siege errungen worden waren, und sie rechnete sich aus, daß das »Bapguagup« den internationalen Ansturm wohl kaum von seiten der Brasilianer erfahren würde, deren wirtschaftliches Wachstum zu der Zeit noch nicht so weit gediehen war, daß es den Fußballfans eine Reise auf die andere Seite der Welt erlaubte, von den Deutschen hingegen wußte Frau Choi, daß sie, die diesjährigen Fußball-Vizeweltmeister, in einer anderen Disziplin bis auf weiteres Weltmeister bleiben würden, und sie beschloß, sich auf die anrollende Reisewelle rechtzeitig einzustellen, nachdem Piet ihr wiederum Links auf verschiedenen Internet-Seiten eingerichtet hatte, die diese Reisewelle vorbereiten sollten. Tatsächlich waren es später aber nicht nur die deutschen Weltmeisterschafts-Reisenden, sondern auch englische und spanische, deren Mannschaften immerhin das Viertelfinale erreicht hatten, die Frau Chois Internet-Links in den nächsten Ferien bis nach M** folgten.

Die Entstehung des »Bapguagup«-Gästehauses ist wohl das raffinierteste Kapitel in der beharrlichen Karriere der überaus beharrlichen Frau Choi, über das inzwischen ebenfalls Abschlußarbeiten geschrieben werden, und zwar von Studenten der Architektur, denen allerdings im Jahr der Weltmeisterschaft entging, was sich in M** zutrug, schließlich waren Semesterferien, und vermutlich saßen sie vor dem Bildschirm, auch wenn Zizou nicht dabei war.

Itami Jun hatte schon ein Jahr vor seiner berühmten »Church of Stone« auf Hokkaido ein Gästehaus gebaut, und wiederum ein Jahr vor den beiden Kirchen »Church of Wood« und »Church of Earth« war das »Eat and Drink« in New York entstanden. Er hat also schon früh über die Bewirtung und Unterbringung von Gästen nachgedacht.

Wieder zurück in Japan, baute er ein Gästehaus mit dem poetischen Namen »Hermitage of Ink«. Diese Einsiedelei, eine seiner schönsten Arbeiten, hat Eric Halbwachs im Jahr 1998 zu einer Reise nach Japan bewogen.

Noch im selben Jahr hat Itami Jun Japan für eine ganze Weile verlassen und im Land seiner Vorfahren zunächst zwei Golf-Clubhäuser entworfen und unmittelbar darauf das radikal abstrakte »Guest House Old New«. Noch vor dem »Bapguagup«-Gästehaus entstand auf der Insel Cheju eine Arbeit, die im nachhinein wie die Vorbereitung auf das Hotel von Frau Choi erscheint, selbst wenn Eric Halbwachs es sich nicht hat nehmen lassen, etliches vom Geist der »Hermitage of Ink« in das neue Gebäude einzubringen; das »Podo-Hotel« ist gewissermaßen eine Arbeit des Widerstands, denn während überall, also auch auf Cheju, schon seit geraumer Zeit vor der Weltmeisterschaft, die Häuser und Hotels senkrecht in den Himmel schießen, läßt Itami Jun sein »Podo-Hotel« sacht und anmutig fließen, und auch Frau Chois Hotel wird flächig gegen den Berg hin fließen, und vor dem Berg werden die Dächer ihres Hotels aussehen wie schlafende Pilze, aber noch sind wir im Sommer 2002. Eric Halbwachs ist längst in Japan gewesen, und jetzt hat er die jüngsten Fotos des »Podo-Hotels« gesehen, Frau Choi hat mit Itami Jun korrespondiert, seit er das Gästehaus »Alt Neu« gebaut hat, jedenfalls vermutet man das inzwischen; denn mehrere Gäste haben in jenem Sommer gehört, wie Mathilde Frau Choi spätabends noch ans Telefon rief.

Yimin, es ist Seoul, kam Mathildes Stimme aus der Küche, und wenn es Seoul war, mußten die Gäste ein klein wenig auf ihre Rechnung warten; in Seoul war jemand früh aufgestanden, um Frau Choi zu erreichen. Den Frühaufsteher am Ohr, das Telefon in der einen und ein Zigarillo in der anderen Hand, verschwand Frau Choi dann in den Raum hinter der Küche.

Zwischen den beiden Hotels des Jahres 2001 und dem Künstlerhaus, das Itami Jun erst 2003, also gut ein Jahr nach der Entstehung des »Bapguagup«-Gästehauses baute, klaffen zwei volle Jahre, und wenn Sie Itami Jun kennen, wissen Sie, daß er gelegentlich einmal pausiert; seine Teetassensammlung braucht Zeit, seine Zeichnungen brauchen Zeit, aber dann schauen Sie sich das »Babguagup«-Gästehaus in M** an, und Sie sehen sofort, wie es sich nicht nur in die karstige Landschaft der Hochebene und an den schwarzen Berg schmiegt, sondern wie perfekt es eingebettet ist in sein Werk: Es fügt sich genau in den leeren Raum zwischen dem Künstlerhaus, das kurz darauf entstand, und den beiden Vorgängerbauten; mit einem Wort: Sie sehen Itami Juns Hand am Werk oder doch jedenfalls die Spur dieser Hand, denn weder die Hand noch den Mann selbst hat wissentlich jemand in M** je gesehen, obwohl es kaum ein Zufall sein dürfte, daß kurz nach jenem Sommer zunächst Paris Interesse an einer Itami-Jun-Ausstellung bekundete, denn die Beziehungen zwischen der Ziegelei in M** und ihrer externen, vor allem ihrer Pariser Kundschaft sind längst so intensiv geworden, daß die Nachricht von dem bevorstehenden »Bapguagup«-Gästehaus die Pariser Kunst-szene rasch erreicht haben dürfte, sobald Eric Halbwachs die Kostenvoranschläge eingeholt hatte, und schon im Herbst darauf, unmittelbar nach der wie erwartet eingetrof-fenen Reisewelle aus Deutschland in Richtung M**, ent-schloß sich auch eine Galerie in Berlin, dem großen Bau-meister ebenfalls eine Ausstellung zu widmen.

Ob Itami Jun nun in diesem Sommer selbst inkognito in M** war, um vor Ort und landschaftsgerecht das »Bapgua-gup«-Gästehaus zu entwerfen, oder ob es eine rein fern-mündliche Beratung war, die er zu dem eigentümlichen und durchaus magischen Gebäude beisteuerte, wird sich wohl kaum mehr ermitteln lassen, wie es überhaupt schwer zu ermitteln ist, welchen Verlauf die ungewöhnliche Karrie-re der Frau Choi von da an im einzelnen nahm, denn die Leute in M** sprechen schon lange nicht mehr von dem Schlangenpulver, sie sprechen auch nicht über den leeren Raum hinter der Küche des »Bapguagup«, in dem schon vie-le von ihnen gesessen haben, eigentlich fast alle, jedenfalls sprechen sie nicht mit Ihnen darüber, und in M** selbst hat es seit dem Tod Marc Dufetels keine unklaren Todesfälle mehr gegeben, die nach Ermittlung verlangt hätten.

Es ist kaum anzunehmen, daß die Gesellschaft der Freun-de Jean-Henri Fabres, die seit Yolandes Rotem Feuerfalter gelegentlich mit der Gemeinde M** zusammenarbeitet, für diese Karriere eine wesentliche Rolle gespielt hat, obwohl diese Gesellschaft fast vollzählig zur Eröffnung des Gästehauses angereist ist und später in ihrem Newsletter darüber berichtet hat, aber ebenso sind eine Menge Studenten angereist, es sind aus Avignon Gisèle und ihre älteste Tochter gekommen, aus Paris ist zwar nicht Claude Markovits, sondern eine freie Mitarbeiterin der »Hefte zur Architektur« nach M** gefahren, und es ist wahrscheinlich, daß jeder der Gäste während der Rede von Madame Goubert spürte, daß durch diesen neuen Raum etwas Größeres entstanden war als einfach ein Hotel neben einem Restaurant.

Aber natürlich könnte es durchaus sein, daß die Gesellschaft der Freunde Jean-Henri Fabres eine Rolle gespielt hat, denn in seinen letzten Osterferien, bevor er das Abitur machte, ist Piet de Bakker in St. Léon gewesen.

Was soll daran so bemerkenswert sein, werden Sie sagen, daß ein junger Mann, der soeben seinen Führerschein in der Tasche hat, eine Tour in den Geburtsort von Jean-Henri Fabre macht; ein schöner Ort, ein schönes Museum, jede Menge entomologisch interessierte Wanderer im Frühling, aber was Piet bei der Gesellschaft der Freunde Jean-Henri Fabres in St. Léon veranstaltete, wird Ihnen doch ein wenig unerwartet erscheinen: In Zusammenarbeit mit Sponsoren aus Übersee bot die Gesellschaft einen Kurs unter Piets Leitung an: »Internet-Initiation für Frauen«.

Mutter läßt Sie grüßen, hat der junge Mann bei seinem Eintreffen in St. Léon den Freunden Jean-Henri Fabres gesagt und sodann eine ganze Menge Frauen initiiert, und selbst wenn Sie sich erinnern, daß überall auf der Welt in diesen Jahren Internet-Kurse stattfanden, wird es Ihnen doch zu denken geben, daß ausgerechnet die Gesellschaft der Freunde Jean-Henri Fabres eine derartige Veranstaltung abhielt, die ausgerechnet Piet de Bakker als »Initiation« betitelte, und Sie werden sich natürlich auch fragen, was Einrichtungen aus Übersee dazu bewog, diese Initiation als Mitveranstalter zu sponsern, und aus dem Satz: Mutter läßt Sie grüßen, werden Sie schließen, daß zwischen Frau Choi und den Freunden Jean-Henri Fabres schon seit längerem eine Verbindung bestand, die nun in der Einladung ihres Sohnes als Referent für eine Initiation mündete; und obwohl Sie ja wissen, daß Piet seit seinen frühen Aushängen und den Faltblattentwürfen mit dem inzwischen etwas antiquierten Publisher-Bildbearbeitungsprogramm durchaus der richtige Referent gewesen sein dürfte, wird es Ihnen auch nicht unbedingt naheliegend erscheinen, daß der junge Mann einen Initiationskurs für Frauen anbietet, und Sie werden vermuten, daß jemand die Gesellschaft der Freunde Jean-Henri Fabres auf die Idee gebracht haben muß, ausgerechnet Piet de Bakker ausgerechnet zu dieser Initiation einzuladen, weil die Gesellschaft der Freunde Jean-Henri Fabres normalerweise auf alle möglichen pflanzen- oder schmetterlingskundlichen Veranstaltungsideen kommt, traditionell sind solche Ideen ihre Domäne, und diese Domäne spricht keinesfalls nur Frauen an, sondern überwiegend Männer, denn Entomologie ist traditionell eine Männerdomäne, auch wenn Yolande bei ihren Schmetterlingsführungen immer wieder betont, daß diese geheimnisvolle Wissenschaft von einer Frau begründet wurde. »Der Raupen wunderbare Verwandelung und sonderbare Blumennahrung«, das vergißt sie nie zu erwähnen, erschien 1679, und nach einer Reise über die Grenzen in den südamerikanischen Urwald schrieb die eigenwillige Begründerin der Entomologie zwanzig Jahre nach diesem Grundlagenwerk ein aufsehenerregendes Buch über die Fortpflanzung und Metamorphosen surinamesischer Insekten. Auch diese heute von vielen, sogar von Fachleuten vergessene Maria Sibylla Merian war übrigens, so Yolande bei ihren Schmetterlingsführungen, ebenso wie Jean-Henri Fabre, nicht allein eine Kennerin der Insektenwelt, sondern durch die Indianerinnen in Surinam in Geheimnisse der Botanik eingeweiht, die in Europa so unbekannt und skandalös waren wie die Fortpflanzung und Metamorphosen surinamesischer Insekten.

Um auf Piet de Bakker zurückzukommen, so muß angenommen werden, daß der Initiationskurs vielleicht auf das Geschäftskonzept seiner Mutter zurückging, die ihre eigene, sehr erfolgreiche Kimchi-Unternehmung neu konzipierte und auf die Fähigkeiten ihres Sohnes zuschnitt, aber das ist natürlich nur ein Verdacht.

Allerdings ist es ein Verdacht, der genährt wird durch die Tatsache, daß Piet de Bakker, nachdem er sein Abitur bestanden hatte, nicht etwa in die Stadt ging, um dort ein Studium anzufangen. Piet blieb in M**, ebenso wie Bastien in M** blieb, obwohl auch sein Abitur ihm ein Hochschulstudium ermöglicht hätte. Aber nicht nur blieben Piet und Bastien in M**, sondern weit erstaunlicher war, daß M** schon seit einiger Zeit einen nicht abreißenden Zustrom an jungen Leuten erfuhr. »Boomtown im Südwesten« nannte der »Nouvel Observateur« das Phänomen, und er sah in M** sogar eine »Insel der Konjunktur« inmitten der um sich greifenden Depression nach den Vorfällen im September des Vorjahres. Unbestritten hatte das »Bapguagup« Anteil an diesem Boom, stellte er fest, denn in Frankreich wird nicht selten das Schicksal ganzer Städte durch ein Restaurant bestimmt, ganze Städte in der Bresse beispielsweise leben bekanntlich von einem einzigen Restaurant, und Alphonse hat inzwischen nicht nur eine schlichte Geflügelfarm mit Hühnern und Enten, sondern züchtet neuerdings auch Tauben, Wachteln und Guinea-Gänse, und Katrine geht einmal in der Woche zum Friseur. Hervé hat nach einigen Verhandlungen mit Madame Goubert den Teich unten am Fluß in eine über vier Becken gestaute Forellenzucht umgewandelt, Arbeitskräfte werden gebraucht, und nachdem Doktor Murat endlich in den wohlverdienten Ruhestand gegangen ist, kommt frisch promoviert Aurelie Dupont nach M**, eine der begabtesten Studentinnen von Professor Pavloff, die sich schon während ihres Studiums in Zusammenhang mit »Nahrungsaufnahme I und II« bei Frau Choi mit der Zubereitung verschiedener Kimchi vertraut gemacht hat und jetzt oft mit ihr in dem Raum hinter der Küche des »Bapguagup« sitzt.

Die Betreiber der Mineralwasserquelle im Nachbarort von M** haben das dortige Lebensgefühl wohl am besten erfaßt. Sie entwerfen neue Etiketten für ihre Wasserflaschen: Es geht ein Raunen bis weit über die Grenzen, steht auf diesen Etiketten, daß die unzähligen wundersamen Bläschen aus dem Inneren der Erde um M** allen, die von dem Wasser trinken, Freude und ein leichteres Leben verschaffen, und daß es ein Raunen gewesen sein muß, mit dem Frau Chois Ruf über die Grenzen gelangte, ein telefonisches, ein mündliches, ein Internet-Raunen von jenen, die Piets Initiation erfahren hatten und weitergaben, dürfte klar sein, allerdings hat Frau Choi, anders als das Restaurant in der Bresse oder die Firma Asiankimchi in Gwangju, nicht die Absicht, ihre Erzeugnisse über das Netz zu vertreiben oder gar zu exportieren, sondern sie bleibt konsequent bei ihrem lokalen Handeln. Wer ihre Dienste in Anspruch nehmen will, muß bis heute persönlich nach M**.

Ariane Tournel in Straßburg hat ihre Mäusestudie über den Grünling erfolgreich beendet und den Nachweis erbracht, daß der Grünling giftig ist. Das europaweit durchgesetzte Vertriebsverbot für den Grünling hingegen bringt ihr keineswegs, wie sie gehofft hatte, die Anerkennung und den Lehrstuhl ein, den ein europaweit durchgesetztes Vertriebsverbot für den Grünling zweifellos verdient hätte, sondern jede Menge jener anderen, ebenfalls schwefelgelben Substanz, die sie schon kennt, weil sie als forensische Koryphäe damit schon öfter in Berührung gekommen ist.

Es ist bloß der dauernde Neid, sagt sie, als Guillaume sie eines Abends fragt, was sie in letzter Zeit hat, sie sieht erschöpft und müde aus, aber als sie ausspricht, was es ist, das sie seit Jahren mürbe macht, spürt sie auf einmal, daß sie ihn satt hat, den Neid auf die Bewilligung der Studie, den Neid auf Verlängerung des Etats, den Neid auf ihre EU-Kontakte und jetzt das europaweite Vertriebsverbot.

Du mußt ihn hassen, sagt Guillaume plötzlich, als sie ihm vormacht, wie Paul Ledru sie angegangen ist, als sie ihre Ergebnisse im Fachbereich vorgetragen hat: Rhabdomyolyse, hat er gesagt, verehrte Madame Tournel, ich will Ihre wissenschaftliche Leistung nicht schmälern, aber mit Ihren Basisdaten kann was nicht stimmen; schön und gut, Myoglobinausfall im sauren Milieu, das wissen wir ja, aber den Myoglobinausfall durch einen harmlosen Grünling, das machen Sie mir nicht weis. Am Ende haben Sie Ihren Mäusen Schlafmittel gegeben, womöglich sogar Koks oder Steroide. Kröten- und Schlangenpulver, hat er gespottet und sich über das Koks und das Krötenpulver herrlich amüsiert, und die Kollegen haben gelacht.

Schon seine Anwesenheit im Raum ist mir inzwischen unerträglich, hat Ariane gesagt, und allen, die es hören wollten, hatte Paul im Anschluß an ihren Vortrag noch bis auf den Flur erzählt, daß eine Mäusestudie mit getürkten

Basisdaten ihn jedenfalls nicht daran hindern werde, weiterhin Grünlinge zu verzehren. Ariane hat dieser Spott um so mehr getroffen, als der Myoglobinausfall der schwache Punkt ihrer Mäusestudie ist. Der Myoglobinausfall ist natürlich nachweisbar, nur hat sie in all den Jahren nicht herausfinden können, welcher Stoff ihn herbeiführt, und bei allem Erfolg ihrer Kampagne gegen den Grünling hatte Paul Ledru mit Sicherheit aus ihrem Bericht im »New England Journal of Medicine« herausgelesen, was eben drin stand: Folge zuweilen tödlich, Ursache leider unbekannt.

Ariane fing vor der versammelten Fachbereichskonferenz an, ihre Arbeit zu verteidigen und sich dabei wie ein Schulmädchen zu verhalten. Völlig unnötig rekapitulierte sie ihre Basisdaten, während Paul Ledru über seinen glänzenden Einfall in sichtbar beschwingter Laune war und es offenbar hoch komisch fand, daß er ihr soeben angehängt hatte, ihre Mäuse koksen oder Kröten- und Schlangengift fressen zu lassen. Ariane weiß, daß in ihrem Milieu die Mäusekokserei ihren Ruf als Wissenschaftlerin zumindest beschädigt, wenn nicht sogar ruiniert, und so beschwingt, wie Ledru sich jetzt lässig in seinen Stuhl fläzt, sieht sie, daß er genau das vorhat. Sie sieht, was er denkt: Laß die Alte doch quatschen, denkt Ledru; das weiß sie, weil sie schon gehört hat, daß er das sagt. Die Alte mit ihrer Mäusestudie, hat er einmal am Nachbartisch in der Mensa gerade so laut gesagt, daß sie es nicht überhören konnte, und Ariane ist zwar nicht alt, jung allerdings, das sieht sie selber, ist sie auch nicht mehr, aber das gibt Ledru noch längst nicht das Recht, »die Alte« über sie zu sagen, und sie malt sich aus, wie er genüßlich verbreitet: Die Alte hat doch tatsächlich in ihrer Studie Mäuse koksen lassen. Und zwar mit einem Etat, den ich gut für meine Sequenzdatenbank hätte brauchen können. Aus der Sequenzdatenbank in Straßburg ist nichts geworden, und inzwischen wissen sogar seine Erstsemester, daß die routinemäßige Analyse mitochondrialer DNA mit oder ohne Sequenzdatenbank schon lange nicht mehr der Weisheit letzter Schluß ist, denn nichts ist leichter, als jemandem ein paar Haarschäfte oder etwas Spucke unterzujubeln, und schon ist die ganze Routine dahin.

Um so genüßlicher läßt sich herumerzählen, daß die Mykologie nicht die geringste Ahnung hat, was den Myoglobinausfall im sauren Milieu nach dem Verzehr von Grünlingen nun bewirkt, und daß die geschätzte Madame Tournel wahrscheinlich ihre Mäuse hat koksen lassen, um überhaupt einen Myoglobinausfall hinzubekommen, an dem so ein harmloser Grünling jedenfalls nicht schuld sein könnte.

Du mußt ihn wirklich hassen, sagt Guillaume noch einmal, nachdem Ariane sich diesen Ledru von der Seele geredet hat, und streicht ihr über die Haare, aber sie will jetzt nicht über die Haare gestrichen bekommen.

Sie will nicht von Paul Ledru beschädigt oder gar ruiniert werden.

Ob es der Newsletter der Gesellschaft der Freunde Jean-Henri Fabres ist, der sie an M** erinnert, ob es ihre unzweifelhafte Urlaubsreife ist oder ein Raunen, das inzwischen von M** ausgeht – Ariane möchte ein paar Tage raus aus dem Institut, weg von der widerlichen Anwesenheit dieses Kollegen, sie spürt in den Knochen, wie ihr die Sommerferien fehlen. Dämliche Weltmeisterschaft, denkt sie und schwört sich, nie wieder auf ihre Ferien zu verzichten, um dann mitansehen zu müssen, wie sich Guillaume und seine Freunde und Kollegen vor ihren Augen in kindische kleine Monster verwandeln, herumbrüllen, nach Zizou schreien, der doch nicht kommt, und durch das Wohnzimmer hopsen, und im nachhinein nimmt sie ihrem Mann etwas übel, daß er Paul wie selbstverständlich auch eingeladen hat.

Muß dieser Ledru wirklich sein, hat sie gesagt, ich kann es schon in der Fakultät nicht gut ertragen, in einem Raum mit Ledru zu sein, aber beim Fußball kennt selbst Guillaume kein Pardon. Sie hätte vielleicht schon im Sommer nach M** fahren sollen, aber nun nimmt sie eine kleine Dienstreise ihres Mannes nach Köln und Münster zum Anlaß, einmal wieder allein unterwegs zu sein, nicht nur allein auf einer Tagung und im Hotel nach der Tagung, sondern ganz richtig allein wie früher, und sie freut sich plötzlich unbändig aufs Alleinsein und auf M**.

Paul Ledru war Mitglied der internationalen Gesellschaft für biomedizinische Technik, die in ihrer Zeitschrift den tragischen Tod des jungen Kollegen erwähnte, ansonsten müßten Sie schon die »Faits Divers« der »Dernières Nouvelles d'Alsace« gelesen haben, um sich erinnern zu können, daß sich Ende des Jahres 2002 eine unklare Todesursache in Wintzenheim-Kochersberg zugetragen hat, bei der es, nebenbei gesagt, völlig belanglos war, daß Mitochondrien über eine separat und autonom replizierende DNA verfügen; auf ihre hohe Kopienzahl kam es bei der routinemäßigen Spurensuche absolut nicht an, Haarschäfte wurden jedenfalls nicht gefunden, und postum hätte keine noch so komplette Sequenzdatenbank Licht in den Fall Ledru bringen können. Auf die Idee einer Spur nach M** kam jedenfalls während der routinemäßigen Spurensuche keiner, womöglich auch deshalb, weil man in der gerichtsmedizinischen Fakultät der Louis-Pasteur-Universität in der Kirschlegerstraße Nummer 4 dem selbstgefälligen und blasierten Ledru nicht wirklich eine Träne nachweinte. Womöglich auch aus ganz anderen Gründen, denn inzwischen scheint nicht mehr ausgeschlossen, daß in den letzten vier Jahren die Kontakte zwischen der Kirschlegerstraße 4 und dem kleinen Ort M** im Südwesten nicht abgerissen sind, sondern sich eher intensiviert haben dürften, und Straßburg an dem biowissenschaftlichen Boom teilhat, in dessen Folge die Weltgesundheitsbehörde sich entschloß, Kimchi in die Liste der Heilmittel aufzunehmen.

Ob es nun die Fußballweltmeisterschaft war oder Ariane Tournel, die Frau Chois Ruf über die Grenze des Elsaß hinaus nach Baden-Württemberg trug, tut nichts zur Sache. Gesichert hingegen scheint zu sein, daß ein beträchtlicher Teil des inzwischen mehr als beträchtlichen Vermögens der Frau Choi auf ihre deutsche Kundschaft zurückgeht, die geradezu begierig die im Flüsterton durch Friseursalons, Wellness-Oasen und Betriebskantinen laufende Nachricht von den Kimchi-Kursen in M** aufnimmt und weitergibt.

Wenn Sie aber nun denken, daß der rege Zulauf zu diesen Kursen in irgendeinem Zusammenhang stehen müßte zu den unklaren Todesfällen, die sich seither in Ihrem Land ereignet haben, dann irren Sie sich gewaltig und machen sich nicht klar, was Sie eigentlich wissen müßten, denn wenn Sie morgen tot sind, wird Ihre Frau natürlich den Arzt rufen, den Sie vor kurzem wegen des Bluthochdrucks oder Ihrer Allergie gesehen haben. Der Arzt wird nach einem kurzen Blick auf Ihre Leiche betreten von einem Grundleiden sprechen, Herztod, Cholesterin, ein durchgebrochenes Magengeschwür, Atemstillstand infolge der Allergie, Nierenversagen infolge zu hohen Salzkonsums, suchen Sie sich eine Todesursache aus. Der Arzt wird den Totenschein ausstellen, und zwischen der geführten Schmetterlingsexkursion Ihrer Frau, Ihrer Freundin, Ihrer Sekretärin oder Kollegin in M**, wo natürlich kein Mensch mehr an Werwölfe oder die Weiße Frau glaubt, sondern wo Piet, der von seiner Mutter gelernt hat, global zu denken und lokal zu handeln, gelegentlich diskret an eine der Türen eines Itami-Jun-Häuschens oder des »Bapguagup«-Gästehauses klopft und sagt: Vielleicht kann Mutter helfen – zwischen den Schmetterlingen, den Kimchi-Kursen, dem ausgezeichneten Nußöl von Yves oder den Algen aus dem Forellenbecken von Hervé und Ihrem Tod wird weder Ihr Arzt noch sonst jemand eine Verbindung sehen, selbst wenn Ihre Frau oder Freundin oder auch nur Ihre Sekretärin in M** gewesen sein sollte, der Arzt wird gar nicht daran denken, den Eisenchloridtest an Ihrer Leiche durchzuführen, und käme Ihr Arzt doch auf den krausen Gedanken: Das Filterpapier verfärbte sich nicht, sondern bliebe weiß.

Ein Sommer im Languedoc, der alles verändert

Hier reinlesen!

Birgit Vanderbeke

Der Sommer der Wildschweine

Roman

Piper, 160 Seiten
€ 17,99 [D], € 18,50 [A], sFr 25,90*
ISBN 978-3-492-05622-9

Milan und Leo machen Ferien. Zum ersten Mal seit ewig. Durch die Wirtschaftskrise sind sie mit einem blauen Auge gekommen, und allmählich haben sie sich wieder daran gewöhnt, »am Leben zu sein«. Sie mieten in dem südfranzösischen Örtchen Fontarèche ein Haus – doch auch dort holt sie die Welt ein, die sie für ein paar Wochen hinter sich lassen wollten. – Ein Roman voller Leidenschaft, Furor und klugen Beobachtungen.

PIPER

Leseproben, E-Books und mehr unter **www.piper.de**

»Mitreißend – und bevölkert von liebenswert eigensinnigem Personal.«

WDR

Hier reinlesen!

Birgit Vanderbeke
Die Frau mit dem Hund
Roman

Piper Taschenbuch, 160 Seiten
€ 8,99 [D], € 9,30 [A], sFr 13,90*
ISBN 978-3-492-30404-7

Als Pola, die Frau mit dem Hund, eines Tages vor Jule Tenbrocks Wohnungstür im siebten Distrikt auftaucht, bringt sie neben Jules geordnetem Alltag vor allem ihre Seelenruhe aus dem Gleichgewicht. Denn Pola ist schwanger, und das ist in Jules Welt nicht vorgesehen. Aber vielleicht weiß ihr eigenwilliger Nachbar Timon Abramowski ja einen Ausweg.

Leseproben, E-Books und mehr unter www.piper.de